加賀の芭蕉

『奥の細道』と北陸路

山根 公
Tadashi Yamane

芭蕉座像（熊谷山全昌寺所蔵）

アルファベータブックス

『奥の細道』と北陸路――序にかえて

『奥の細道』の旅

「月日は百代《はくたい》の過客《くわかく》にして、行《ゆき》かふ年も又《また》旅人也《なり》」で始まる『奥の細道』の冒頭、日々の時の流れは永遠の旅人であり、行く年、来る年もまた旅人なのだとつづり、その無常観の中に自身の旅人の決意を込めた。

一六八九（元禄二）年三月二十七日（陽暦五月十六日）、松尾芭蕉（四十六歳）は、門人河合曾良《そら》（四十一歳）とともに江戸を出発して関東の日光を経て、那須・黒羽《くろばね》を手始めに、白河の関址《あと》を越え、歌枕を尋ねながら仙台・松島・石巻・平泉を限りに奥羽山脈を横断して五月中旬、出羽（山形県）に入り、尾花沢・大石田・出羽三山・酒田を経て、象潟《きさがた》（秋田県）を北限として北陸道を南下し、北陸の金沢で初秋を迎え、仲秋の名月前後を敦賀《つるが》ですごし、八月二十一日ごろ美濃大垣に到着。九月六日、大垣からさらに伊勢に向かおうとする時までを記した紀行文である。

芭蕉は、この旅を続ける中で、素朴で温かな人情に触れ、伝説や歌枕、歴史上の人々やゆかりの地を訪ねることによって、自然と人とのかかわりや人間の悲哀、宿命を超越した人生の無常を感じた。

そうして時代を経ても永遠に変わらない「不易《ふえき》（変わらない）」と時代とともに新しくなる流動性を意味する「流行（変化）」を結びつけて俳諧《はいかい》のあり方を説く考えが芽生え、「風雅《ふうが》の誠《まこと》（「風雅」は理想の俳諧の姿なのであり、「誠」はその核心）」として統一する理念を打ち出そうとすることになる。その世界観を展開するという意図もあり、この紀行は虚構をおりまぜた創造性の強い文学作品である。

『奥の細道』の文学史的位置

『奥の細道』の文学史的な位置は、『土佐日記』で始まる日本紀行文学の伝統文学の頂点をなし、俳諧的文芸性をもった珍しい紀行文である。その理由の第一は、不易流行と〝かるみ〟を二本の柱とした大きな枠組みの中で、単なる旅の記録ではないこと。この旅で得た自然と人生の真実の生命を、連句的な自在の連想の動きに託し、濃淡さまざまに繰り広げてみせた芭蕉主観の燃焼した創作文学であったからである。それは『曾良旅日記』（別名『曾良奥の細道随行日記』）は世に紹介されたのは一九四三〈昭和十八〉年七月）によって実証されるところだが、いたるところに虚構が見出される。だが、その虚構は、それゆえに文学的な位置を高めているといえる。理由の第二は、紀行文という文学様式が作者の考え方や生き方とぴったりと合致していた。つまり、芭蕉ほど漂泊の旅に徹した人がいなかったために、紀行文とは不可分の関係にあった。それだけ芭蕉の生き方と紀行文とは一致していたわけである。理由の第三は、俳諧的紀行文学であるという点である。『奥の細道』に連句的構成にその特色がある。

北陸俳壇と北陸路

七月十三日（陽暦八月二十七日）、遊女との出会いと別れがあったあと、越後の市振《いちぶり》を出発した芭蕉と曾良は、境《さかい》川を渡って越中路に入り、越中・加賀・越前へと北陸各地をたどる。北陸路は百五十日にわたる道程のクライマックスだ。歌仙でいうと、最終の折である名残の裏である。

近世初期・天和《てんな》期から貞享《じょうきょう》期にかけて、まず談林風が開花した北陸俳壇は、近江蕉門《しょうもん》と交流し、貞享四（一六八七）年三月に刊行された尚白《しょうはく》撰『孤松《ひとつまつ》』（俳諧撰集）は二十七か国・三百七人の発句二千五百二を四季類題別に編集され、北陸の俳人の句が多数入集されている。越中は十名で三十五句、加賀は五十九名で七百十一句、越前は四十四名で二百二十六句、合計百十三名で、九百七十二句という大量の入集をみた。芭蕉は十七句が入集され、加賀の小杉一笑《いっしょう》は百九十四句で注目される。芭蕉の作風に心を寄せてゆく兆しをみせていた時期だったので芭蕉の北陸来遊を北陸俳

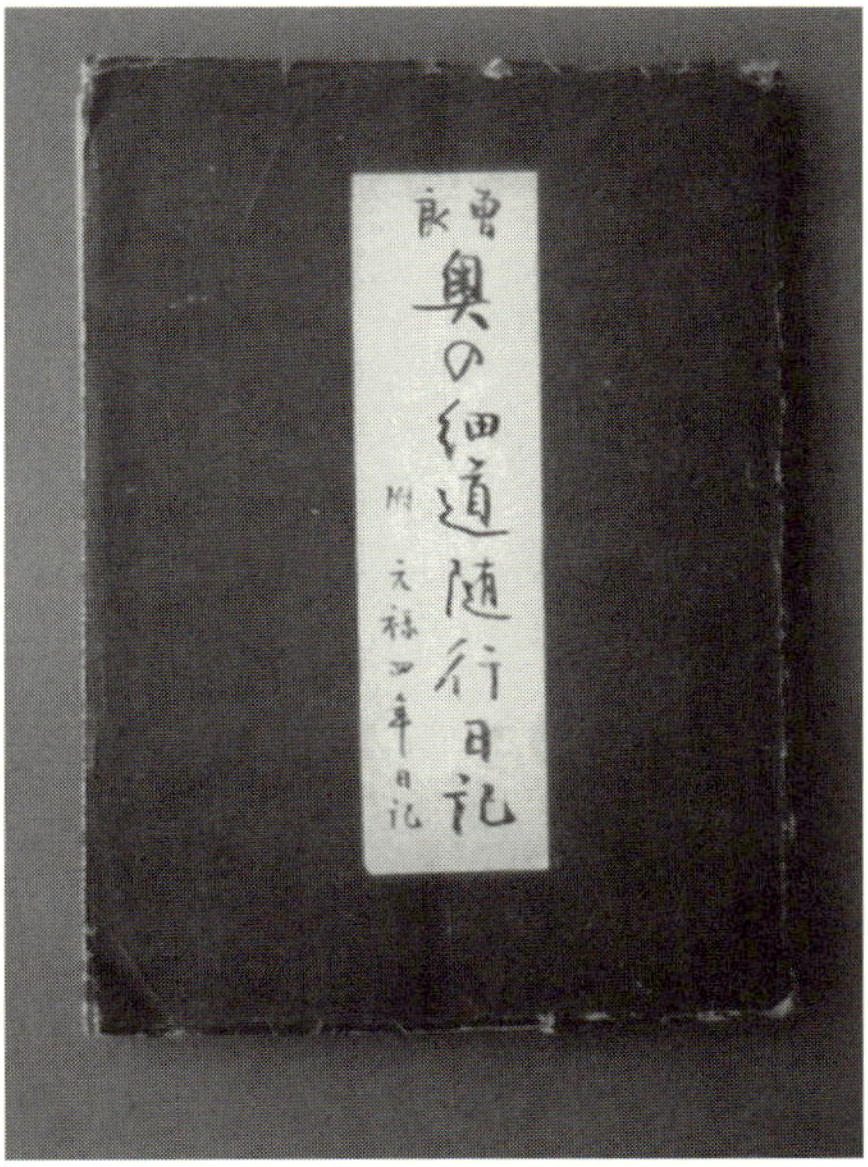

『曾良 奥の細道随行日記』（1943 年）

壇の人々は歓迎した。

『奥の細道』の北陸路は主に「出会いと別れの人生」で、芭蕉は多くの北陸の俳人と出会い、さまざまな人々との別れが描かれている。

一、越中の歌枕（越中路）
二、対面を願った小杉一笑との別れ（金沢）
三、斎藤別当実盛《さねもり》と木曽義仲の深い因縁《いんねん》（小松）
四、那谷寺《なたでら》に吹く白秋の風（那谷寺）
五、温泉宿の俳諧師の美談と曾良との別れ（山中温泉）
六、伴侶曾良との別離を悲しむ（全昌寺）
七、歌人西行《さいぎょう》法師の歌（汐越の松）
八、立花北枝《ほくし》との別れ（天龍寺）
九、古き隠士神戸等栽《とうさい》との出会い（福井）
十、気比《けひ》神宮と遊行《ゆぎょう》上人（敦賀）
十一、須磨にも勝る種《いろ》の浜の寂しさと秋の夕暮れ（種の浜）

芭蕉の金沢来遊前後の加賀俳壇

黎明期の加賀俳壇に最初に登場する俳人は大橋加里《かり》で、一六四二（寛永十九）年刊の山本西武《さいむ》撰

『鷹筑波《たかつくば》』と一六四五（正保二）年刊の松江重頼《しげより》撰『毛吹草《けぶきぐさ》』に同一句が初出する。その後、安原貞室「玉海集《ぎょっかい》」（一六五六）・高瀬梅盛『捨子集《すてご》』（一六五九）・吉竹『遠近集《おちこち》』（一六六六）などに加賀俳人の句が入集しているが、北村季吟《きぎん》の子である湖春《こしゅん》編『増山井《ぞうやまのい》』（一六六七）には二十六人の加賀俳人の句が入集し、加友撰『伊勢踊《おどり》』（一六六八）にも二十二人が収まる。当時の加賀俳壇の中での実力者は因元《いんげん》（金沢）であったと察せられる。また一笑は『俳枕』（一六七〇）が初出で、『時勢粧《いまようすがた》』（一六七二）、『山下水』（一六七二）、『大井川集』（一六七四・二十二句入集）などの重頼俳書によって中央に名を知られるようになっていた。

加賀俳壇の本格的な俳諧撰集の最初は神戸友琴編「白根草《しらねぐさ》」（一六八〇）であり、加賀俳書の嚆《こう》矢《し》である。季吟・重頼以下諸国の俳家の発句七十、友琴独吟歌仙を収める。句引による発句百四余、付句五百十余、作者三百十人の大規模の大撰集である。加賀俳人数は金沢百四十二名、七尾二十八名、松任・宮腰各九名、山中五名、小松・鶴来各三名の多勢ぶりである。芭蕉金沢来遊九年前ということもあって、後の蕉門俳人は一笑・松葉・北枝三名のみである。他は貞門・談林の俳人を網羅している。翌年に『加賀染』（金沢上提町麩屋五郎兵衛書肆版）は久津見一平が撰をした宗因の談林系俳諧撰集。加賀国金沢を中心に加越能《かえつのう》三国の作者の句七百九十一句、総俳人数は百九十四名である。加賀では金沢百二名、宮腰三十三名、松任十一名、七尾十名、山中・小松各四名などの俳人の句で、後の蕉門俳人は一笑、松葉、北枝などであり、芭蕉の提唱による蕉風のものとは大いに相違することが窺える。

元禄二年秋の芭蕉の来遊は、加賀俳壇に大きな影響を与えた。芭蕉の加賀俳人に対する手厚い指導や支援と、それに応えようとする門弟たちの熱意と協力が、一六九一（元禄四）年四月、俳諧撰集『卯辰集《うたつ》』を生む。芭蕉の来遊で若手俳人の多くが蕉門に帰し、もはや貞門・談林系の俳人の句を収めない。入集者百七十五名のうち大半は北陸の俳人で、五百八句を収めている。同書は芭蕉の来遊したのち、加賀の蕉門として嚆矢の俳諧書である。

『加賀染』や一六八七（貞享四）年の尚白撰の『孤松』、それに『卯辰集』をみると、貞門・談林から蕉風に展開する経過を明らかに示している。その後、加越能の俳書三十数冊刊行や幾百人という俳人たち輩出などという「元禄加越能蕉門」の隆盛を生み出す最大の機縁となったことは明らかである。

本書は、「北陸中日新聞」（中日新聞北陸本社発行）に、二〇一四（平成二十六）年七月二十一日から二〇一六（平成二十八）年三月三十一日まで、四百十六回にわたって連載された「『おくのほそ道の謎』――加賀路の芭蕉」で、形式は、読者から寄せられた質問項目二百四十九項目の『一問一答』で解答する形式である。刊行にあたり、内容の重複する点を補筆改訂した上で「加賀の芭蕉――『奥の細道』と北陸路」と改題した。

なお『奥の細道』の本文の引用は、『おくのほそ道評釈』（尾形仂《つとむ》著）を底本にした。『曾良旅日記』（別名『曾良 奥の細道随行日記』）ついては、『奥の細道行脚「曾良日記」を読む』（桜井武次郎著）を参照した。

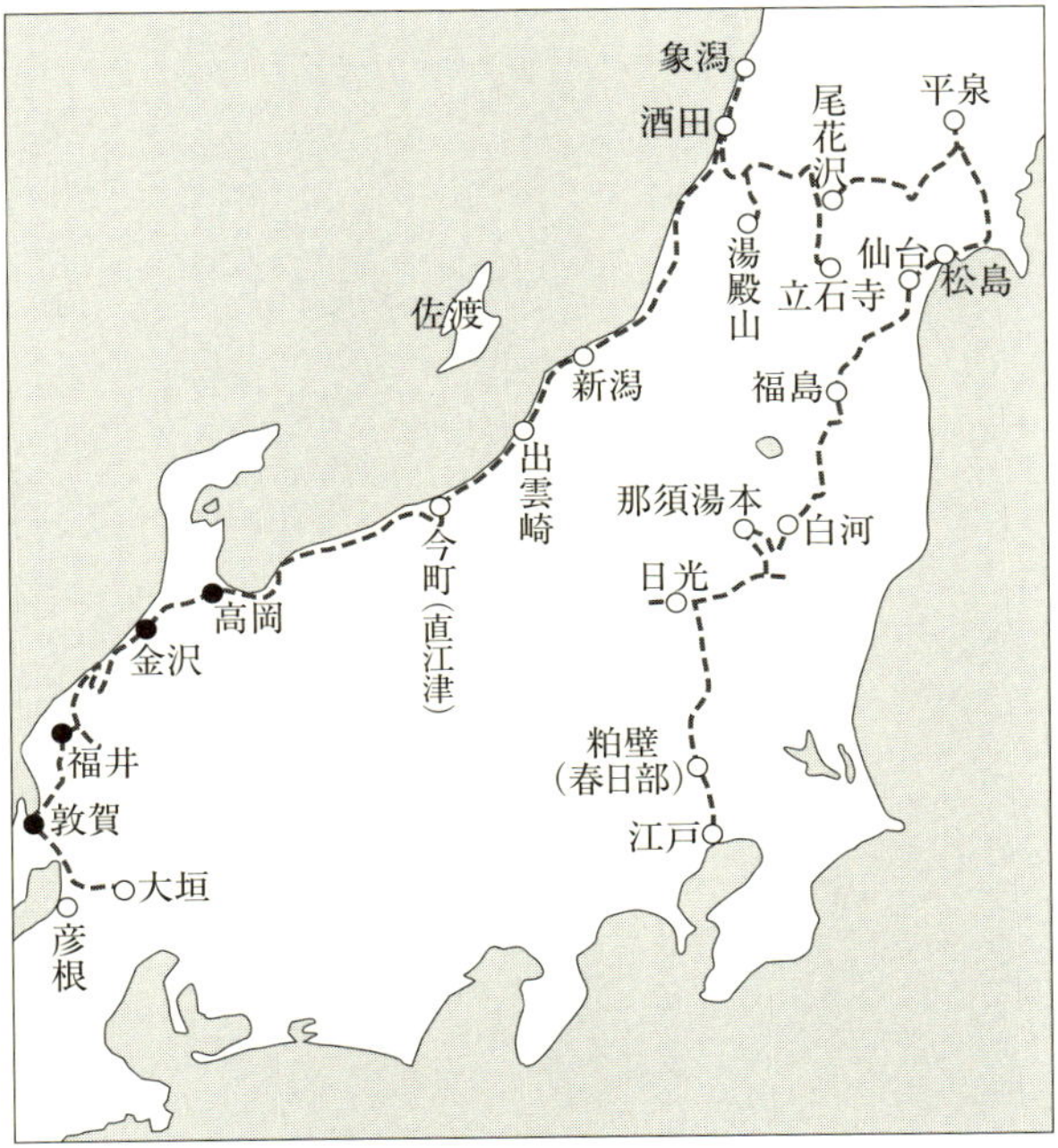
象潟
酒田
尾花沢
平泉
湯殿山
立石寺
仙台
松島
佐渡
新潟
福島
出雲崎
那須湯本
白河
今町（直江津）
日光
高岡
金沢
福井
粕壁（春日部）
江戸
敦賀
大垣
彦根

『奥の細道』の足跡図

目次／加賀の芭蕉——『奥の細道』と北陸路

『奥の細道』と北陸路――序にかえて　3

第一章　芭蕉と『奥の細道』――29

『奥の細道』の書名は　30
『奥の細道』の作者はだれか　30
『奥の細道』の作品完成時期は　31
『奥の細道』はどんな旅だったのか　31
『奥の細道』の旅の目的は　32
芭蕉の風貌、旅装、そして持ち物は　32
芭蕉は旅で何を食べていたのか　33
どの国を通るのが北陸道なのか　34
北陸路では何が書かれているか　34
石川県にかかわる近年新出の芭蕉書簡は　35
芭蕉書簡の偽物とは　35
石川県内に元禄版『おくのほそ道』が現存しているか　36
高校生の好きな芭蕉の句は　37
現代俳人の好きな芭蕉の句は　38

曾良の素顔は　38
小学生からの質問　39
中学生からの質問　40

第二章　越中の歌枕 ―― 43

境関所はどこにあるのか　44
『古地図』による「黒部四十八が瀬」は　44
越中路での芭蕉の目当ては　46
「越中路」の条は　46
「越中路」の条を現代語訳にしてください　47
「越中路」の条の特色は　47
『曾良旅日記』による越中路は　48
『奥細道菅菰抄』の越中路を注釈してください　50
「数しらぬ川」の諸説とは　51
俳人知十という人物とは　52
越中万葉の歌枕とは　53
越中万葉と芭蕉について　54

「わせの香や」の句の構想は　55
「わせの香や分入右は有磯海」の句意は　56
『奥細道菅菰抄』の「わせの香や」の注釈は　56
「わせの香や」の句が詠まれた場所は　58
「わせの香や」の句碑はどこにあるのか　59
芭蕉が歌枕の氷見へ行かない理由は　60
『曾良旅日記』の難読四文字　60
芭蕉の「気色不勝」の内容は　61
高岡の宿泊先は　62
富山県内の芭蕉句碑は　62
高校生からの質問―「越中路」の条―　64
高岡から金沢へ芭蕉が通った道は　65
高岡から金沢までの駄賃はいくらなのか　67
第三章　百万石の城下町 金沢 ―――― 69
☆金沢　70
お盆が七月と八月にあるのはなぜか　70

芭蕉らが金沢へ急いだ理由は　70
金沢は芭蕉にとって旅の目的地だったのか　71
「金沢」の条は　72
「金沢」の条を現代語訳にしてください　72
俳人何処の素顔は　73
俳人一笑の素顔は　73
俳諧撰集『孤松』（尚白編）は　74
「其兄」とはだれか　75
一笑は芭蕉に会ったことはあるのか　75
「塚も動け我泣声は秋の風」の句意は　76
「つかもうごけ」の懐紙はどこで発見されたか　76
「秋涼し」の句の初案は　77
「秋涼し手毎にむけや瓜茄子」の句意は　77
「あかあかと日は難面もあきの風」の句意は　78
「あかあかと」の句が詠まれた場所は　78
「金沢」の条の四句の短評をしてください　79
芭蕉が訪れた金沢の人口は　80

芭蕉の金沢来訪の影響は　80
京や吉兵衛の宿はどこにあったのか　81
『曾良旅日記』による七月十六日の様子は　82
宮竹屋喜左衛門（分家）の家はどこにあったのか　82
宮竹屋喜左衛門の職業は　83
石標「芭蕉の辻」の由来は　83
芭蕉歓迎の宴は　84
『曾良旅日記』による七月十七日の様子は　85
如柳と北枝の逸話とは　86
『曾良旅日記』による七月十八、十九日の様子は　86
『曾良旅日記』による七月二十日の様子は　87
松源庵での半歌仙連衆の俳人たちとはだれか　88
北枝筆「翁にぞ」自画賛は　90
『曾良旅日記』による七月二十一日の様子は　90
『曾良旅日記』による七月二十二日の様子は　92
一笑の臨終句は　93
『曾良旅日記』による七月二十三日の様子は　93

元禄二、三年ごろの金沢小話とは　94
なぜ芭蕉は大野湊神社に参拝したのか　95
「小鯛さす」の句は宮ノ越で詠んだのか　95
金沢で発見された頭陀袋とは　96
金沢市内の芭蕉句碑は　97
高校生からの質問―「金沢」の条―　99

☆金沢から小松　101
『曾良旅日記』による七月二十四日の様子は　101
北陸道で狼が出たりするのか　101
野々市から小松までの距離は　102
芭蕉は「白山」をどのように呼称しているのか　102
芭蕉が訪れたころ松任町の戸数は　103
俳書に見る松任俳壇は　103
芭蕉の松任逸話とは　106
白山市周辺を詠んだ俳人の句は　107
白山市内で詠んだ句空の句は　107

松任金剣宮の芭蕉句碑は　108
白山比咩神社の芭蕉句碑は　109
芭蕉金沢来遊のころの鶴来の主要俳人は　110
鶴来の俳人楚常の素顔は　110
白山市美川の翁塚は現存しているか　111
本吉町に伝承する芭蕉の逸話は　112
北陸道の宿場柏野駅の様子は　112
手取川に関する書物の内容は　113
手取川の様子は　113
手取川から小松への芭蕉一行の様子は　114

第四章　源平ロマンと小松――115

☆多太神社　116
「多太神社」の条は　116
「多太神社」の条の特色は　116
多太神社縁起は　116
『芭蕉翁絵詞伝』の多太神社の様子は　118

実盛と義仲の素顔は　118
実盛の兜は　119
「しほらしき名や小松吹萩すすき」の句意は　120
小松の地名の由来は　120
「近江や」の所在地はどこなのか　121
『曾良旅日記』による七月二十五日の様子は　121
二十五日の天候及び芭蕉の宿泊先は　122
立松寺とは建聖寺なのか龍昌寺なのか　122
建聖寺と既白について　123
「むざんやな甲の下のきりぎりす」の句意は　124
北枝作「芭蕉木像」は　125
芭蕉木像（建聖寺所蔵）の制作年次は　126
武部益友画の芭蕉像讃筆の内容は　127
芭蕉翁留杖の地碑の内容は　127
小松山王会歌仙興行内容は　130
『曾良旅日記』による七月二十六日の様子は　114
小松の俳人塵生の素顔は　131

小松の俳人歓生の素顔は　131
北枝と歓生の家はどこにあったのか　132
小松大橋のたもとの碑は　132
元禄の昔を伝える梵鐘とは　133
「ぬれて行や」五十韻歌仙興行の内容は　133
「ぬれて行や人もおかしき雨の萩」の句意は　135
七月二十六日の芭蕉の宿泊先は　135
「しほらしき」ほか発句懐紙は　136
実盛塚はどこにあるのか　137
行事「遊行祭」の様子は　137
小松の小学校歌に芭蕉句が挿入？　138
高校生からの質問―「多太神社」の条―　138

☆那谷寺　140
時系列と異なる「那谷寺」の条　140
「那谷寺」の条は　140
那谷寺の由来は　141

「石山の石より白し秋の風」の句意は　142
「石山の」句の諸説とは　142
「石山の」の発句懐紙は　143
近江の石山寺について　144
「つかもうごけ」（那谷寺所蔵）発句詠草は　144
中学生からの質問―「那谷寺」の条―　144

第五章　山中の湯と全昌寺――147

☆山中温泉　148
「山中温泉」の条①は　149
「山中温泉」の条の梗概は　144
『曾良旅日記』による七月二十七日の様子は　150
山中温泉の由来は　153
山中温泉、温泉宿湯本十二軒とは　153
元禄期の湯ザヤの湯賃は　154
総湯「菊の湯」について　155
芭蕉らの山中温泉到着時の天候は　155

「山中や菊はたおらぬ湯の匂」の句意は　156
「やまなかや」句文懐紙（温泉頌）の内容は　156
『曾良旅日記』による七月二十八、二十九日の様子は　157
大垣の俳人近藤如行宛の書簡は　158
『曾良旅日記』による七月三十日の様子は　158
「かがり火に」の句碑は　159
『曾良旅日記』による八月一日の様子は　159
「子を抱て」の句碑は　160
「紙鳶きれて」の句碑について　161
『曾良旅日記』による八月二日の様子は　161
小松うどんについて　162
塵生宛書簡ついて　162
塵生宛書簡は歓生宛ではないのか　163
「桃の木の其の葉散らすな秋の風」の句意は　164
『曾良旅日記』による八月三日の様子は　164
俳論書『山中問答』とは　165
「山中温泉」の条②は　166

「行き行きてたふれ伏とも萩の原」の句意は　166
「今日よりや書付消さん笠の露」の句意は　167
『曾良旅日記』による八月四日の様子は　167
曾良との別れ三吟歌仙は　168
芭蕉と曾良の別れの場面の石像はどこにあるのか　170
芭蕉と曾良の別れ絵図はどこにあるのか　171
芭蕉が泉屋（和泉屋）で染筆したのは何点なのか　172
八月五、六日の曾良の様子は　172
『曾良旅日記』による八月五日の「謎三記号」　173
全昌寺と山中温泉・泉屋の関係は　174
山中温泉の桃妖《とうよう》供養祭は　174
『曾良旅日記』による芭蕉は那谷寺へ　175
「芭蕉の館」について　176
「芭蕉の館」の事業活動は　176
高校生からの質問―「山中」の条―　177
☆再び小松　179

那谷寺から小松への道は　179
芭蕉が小松に引き返した理由は　179
芭蕉らの小松再訪の滞在日数は　180
小松に再訪した芭蕉の宿泊先は　180
芭蕉はなぜ金沢で万子に会わなかったのか　181
俳人万子の素顔は　183
芭蕉と万子の関係は　182
俳人北枝の素顔は　176
八月六日、北枝はなぜ金沢にもどったのか　183
連歌師能順の素顔は　184
能順と芭蕉の会見内容は　185
能順の墓の所在地は　186
「あなむざんやな」三十六歌仙興行の内容は　187
小松市内の芭蕉句碑は　189
☆**全昌寺**　192
小松から大聖寺への道は　192

「大聖持」という地名表記について　192
「全昌寺」の条は　192
「全昌寺」の条の特色は　194
「全昌寺」の条を鑑賞してください　194
「全昌寺」の条は四度も推敲?!　195
全昌寺の由来は　196
「前の夜」の解釈は　197
「終宵秋風聞やうらの山」の句意は　197
「よもすから」の句の短冊はどこにあるのか　196
「庭掃て出ばや寺に散柳」の句意は　196
杉風作「芭蕉座像」（全昌寺所蔵）は　199
全昌寺境内の句碑は　199
曾良と芭蕉の別離後の行動は　200
全昌寺から橋への道は　201
大聖寺関とは　201
「熊坂がゆかりやいつの玉まつり」の句意は　202
橋茶屋について　202

高校生からの質問―「全昌寺」の条― 203

第六章　越前路を往く――― 205

☆汐越の松・天龍寺・永平寺 206
「汐越の松・天龍寺・永平寺」の条は 206
汐越の松周辺は 207
汐越の松に関する史料は 209
汐越の松遺跡碑はどこにあるのか 210
吉崎御坊と「終宵」の和歌について 211
「終宵嵐に波をはこばせて月をたれたる汐越の松」和歌の評釈は 211
北潟から天龍寺への道は 212
金津の雨夜塚は 213
天龍寺の由来は 214
天龍寺の長老とはだれか 215
芭蕉と大夢との関係は 215
「所々の風景過さず」の例をあげてください 216
「物書て扇引さく余波哉」の句意は 217

「物書て扇引さく余波哉」の初案は　217
清涼山天龍寺境内の塚・碑は　218
芭蕉はどの茶屋で北枝と別れたのか　219
北枝は芭蕉に笠や蓑を贈ったのか　220
天龍寺から永平寺への道は　220
永平寺の略史は　221
道元禅師の素顔は　222
「五十丁山に入て」と「礼す」の意味は　222
なぜ永平寺の記述は簡略なのか。また越前の歌枕は　223
天龍寺から敦賀への芭蕉の旅程表は　224
高校生からの質問　224

☆福井・敦賀・種の浜　226
天龍寺から福井城下への道は　226
「福井」の条の内容は　226
越前の険道と今庄宿は　228
「芭蕉翁月一夜十五句」は　229

「敦賀」の条の内容は　231
観月は芭蕉の旅の目的だったのか　232
「種《いろ》の浜」の条の内容は　233
「種の浜（色浜）」の所在地は　234
あとがき　235
主な参考・引用文献　239

第一章　芭蕉と『奥の細道』

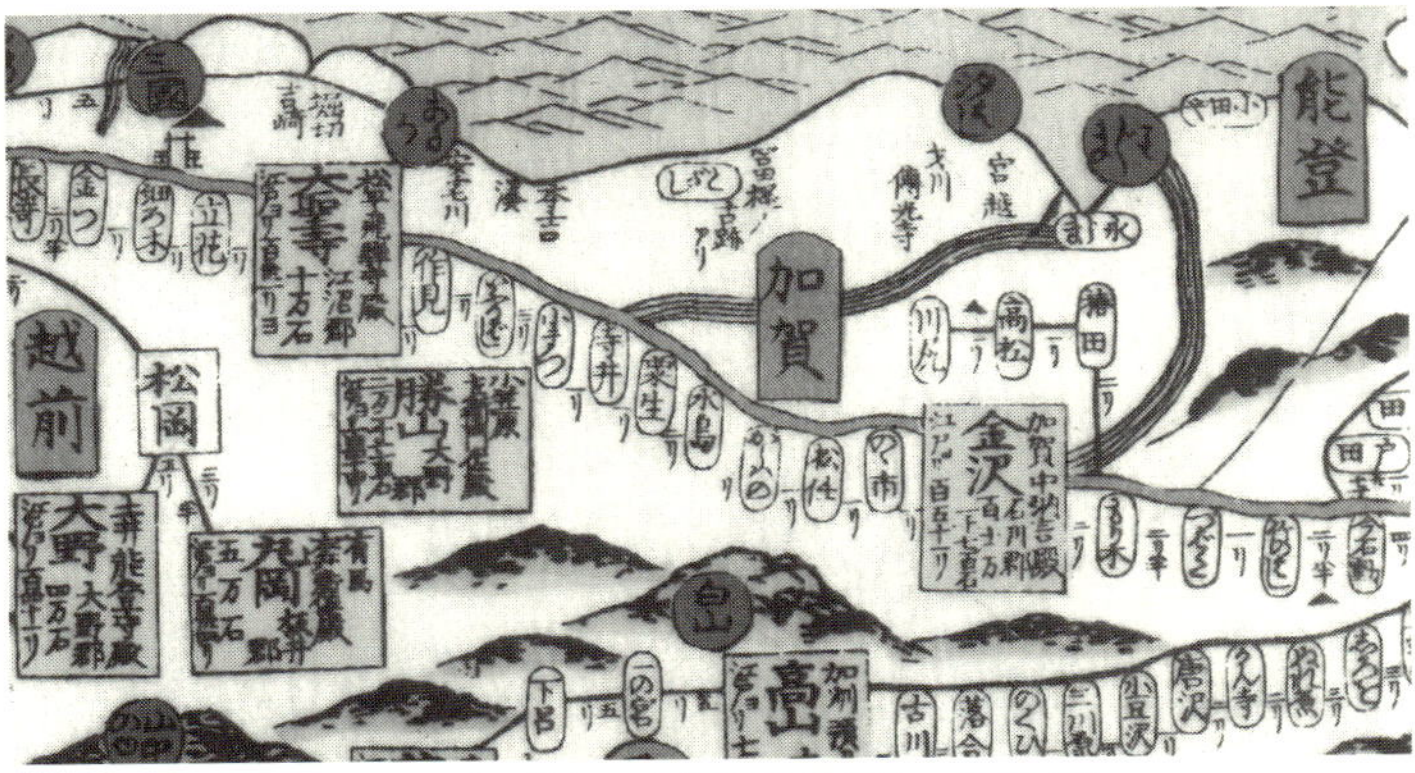

北陸道（「大日本行程大絵図」1857 年）

□『奥の細道』の書名は

『奥の細道』という書名は、「宮城野」の条《じょう》に「かの画図《えづ》にまかせてたどり行《ゆけ》ば、おくの細道の山際《やまぎは》に十符《とふ》の菅《すげ》有」とあるから、おそらくこの地名にヒントを得たものであろうといわれている。「おくの細道」という地名は仙台の東北六キロほどの所岩切の付近、今市から多賀城へ通じる道か。もともとは「奥州の細い道」という意で中世の中ごろからこの辺の道を指す固有名詞となったようである。この『奥の細道』の名をもって奥州路の意味に拡大して用い、奥州・北陸紀行を代表させたにほかならないであろう。

□『奥の細道』の作者はだれか

松尾芭蕉（一六四四〜一六九四）。伊賀上野（現三重県伊賀市上野）の生まれ。本名は宗房《むねふさ》、桃青《とうせい》とも号す。藤堂良忠《よしただ》に仕え、北村季吟《きぎん》から貞門の俳諧を学んだ。主君の没後、江戸に下った。最初、日本橋で俳諧宗匠としての生活をしたが、のち深川に芭蕉庵を構え、風雅の道を求める。芭蕉の俳風は蕉風《しょうふう》（正風）と呼ばれ、さび、しをり、ほそみなどの言葉で説明される閑寂、高雅な句が多い。こうした作風は、門人たちの編集になる『猿蓑《さるみの》』に円熟した形で見られる。芭蕉は西行、宗祇《そうぎ》らとともに、旅の詩人、漂泊の詩人と呼ばれる。

□『奥の細道』の作品完成時期は

『奥の細道』が、いつ書きあげられたかは明らかでない。『奥の細道』は芭蕉の胸中であたためられ、執筆に至っても推敲《すいこう》に推敲が重ねられ、その稿本の完成にはかなりの年月が費やされねばならなかった。『奥の細道』の旅の後、芭蕉は関西地方を巡遊し、そのまま滞留をつづけ、再び江戸への帰途についたのは一六九一（元禄四）年九月のことであった。その時点では『奥の細道』の執筆にはとりかかっていない。芭蕉が本格的に筆を執りはじめるのは、新たにできあがった第三次芭蕉庵に入庵した元禄五年五月以降のことであった。

『奥の細道』が完成したのは、一六九四（元禄七）年初夏に近いころであったと思われる。素龍《そりゅう》に清書させた一本を持って、五月十一日、芭蕉は最後の旅に発ったのである。だが、芭蕉に『奥の細道』を出版するつもりはなかったのであろう。もし出版するつもりであったなら、上京後、その動きがあったはずである。『おくのほそ道』桝型《ますがた》元禄本は去来《きょらい》が芭蕉の遺言により譲り受けた素龍清書本（西村本）を、素龍の跋文《ばつぶん》のみ省いて、書型、大きさ、表紙の模様、題簽《だいせん》、綴《と》じ糸に至るまで、清書本をそのまま踏襲して出版したものだった。

□『奥の細道』はどんな旅だったのか

一六八九（元禄二）年三月二十七日（陽暦では五月十六日）に、芭蕉は門人曾良とともに、江戸深川の芭蕉庵を出発。北関東・東北・北陸地方を経て、九月六日、大垣から舟で伊勢へ発つまで、日数百五十日、旅程六百里（約二千四百キロ）、に及ぶ旅をした。その体験に基づく旅の紀行が『奥の細道』である。『奥の細道』の文体は漢語を交え、力強く簡潔で、よく旅中の情景が描き尽くされている。文中の五十の発句は、蕉風の円熟期を代表するといわれる。この旅の後、「不易流行」が説《と》かれた。

□『奥の細道』の旅の目的は

旅の目的は、①古人への憧れ、②旅そのものへの憧れ、③紀行文学創造への憧れ、④名所旧蹟への憧れ、⑤正風勢力扶植《ふしょく》への意欲――など。特に「草加」の条に記される「耳にふれていまだめに見ぬさかひ」を見ること、つまり、古くからの歌枕を実地踏査することにあった。それは中世を支配した伝授的歌学を乗り越えるものであり、彼を中世的詩人の継承者とせず、近世的詩人とする所以《ゆえん》である。そして、彼は同時に尊敬する「古人」西行、宗祇につらなる自己を意識している。元禄二年出立《しゅったつ》の三、四年前から、芭蕉は奥羽行脚《あんぎゃ》に憧れていたのであろう。

□芭蕉の風貌、旅装、そして持ち物は

芭蕉は痩せた人のような印象があるが、事実は逆のようで、俳人許六《きょりく》が描いた「奥の細道行脚図」などを見ると、大柄のがっちりした体格で穏やかだが気迫が感じられる風貌である。旅装は行脚僧のスタイル。かさをかぶり、手甲、脚半《きゃはん》を着け、わらじを履き、つえを携えていた。携帯品は『笈《おい》の小《こ》

文《ぶみ》』（一六八七）に「旅の具多きは道さはりなりと物皆払捨《はらいすて》たれども、夜の料にとかみこ一つ、合羽やうの物、硯・筆・かみ・薬等、昼笥《ひるげ》云々」とある。『奥の細道』でも紙子《かみこ》（紙製衣服）、浴衣、雨具、筆記具など最小限の荷物だった。

□芭蕉は旅で何を食べていたのか

『奥の細道』の道中、芭蕉がどんなものを食べていたかは興味深いが、本文では金沢で湯漬けをごちそうになったことや「秋涼し手毎《ごと》にむけや瓜茄子《うりなずび》」の句が記載されているほか、種《いろ》の浜で「茶を飲《のみ》、酒をあたためて」という記述があるぐらいで、食べ物に関する記述は極めて少ない。しかし、『曾良旅日記』の方には旅行中の食べ物に関する言葉が「朝飯・昼飯・夕飯等十回、そば切・酒等二十三回・重之内（重箱に入れた食べ物）二回」の計三十五回出てくる。

『曾良旅日記』に出てくる食べ物の調査や『奥の細道』本文を見ると、うどん、そうめん、そば切、冷や麦などの麺類を好んだ芭蕉の食生活の傾向が見えてくる。麺類といえば、山中温泉から小松の塵生《じんせい》宛の書簡の中でも乾うどん二箱をもらった礼を述べている。暑い盛りに外を歩いていたことに加え、当時としては既に老境に差しかかっていた芭蕉なので、麺類はさっぱりしていて食べやすかったのだろう。現在、私たちが口にする御馳走に比べて、芭蕉は想像以上に粗食に甘んじて旅を続けていたのではないかと考えられる。

□どの国を通るのが北陸道なのか

「北陸道」のルビはかつて「ほくろくだう」、今は「ほくりくどう」。『地名辞書』に「北陸の名は文武天皇海内を分かち、七道観察使を置かせられしに起る」とある。「北陸道」とは畿内八道の一つ。若狭・越前（福井県）、加賀・能登（石川県）、越中（富山県）、越後・佐渡（新潟県）の七カ国を通る。芭蕉は松島に次ぐ大きな目的地象潟《さきがた》の探訪を終えた。そして酒田（山形県）に戻り、六月二十五日（陽暦八月十日）遥か彼方の金沢を目指す。「越後路」の条に「酒田の余波《なごり》日を重て、北陸道の雲に望。遥々《ようよう》のおもひ胸をいたましめて、加賀の府まで百三十里と聞《きく》。」と記す。

□北陸路では何が書かれているか

『奥の細道』の旅は、

①旅の禊《みそ》ぎ（深川～蘆野《あしの》）

②歌枕を求めて（白河の関～平泉）

③大自然との対話（尿前《しとまえ》の関～越後）

④出会いと別れの人生（市振《いちぶり》の関～大垣）――の四つの部分で構成されている。

市振の関（現新潟県糸魚川市）以降、越中、加賀、越前とたどった北陸路では、

①一度も会うことなく亡くなってしまった一笑との別れ（金沢市）

②病んだ曾良との別れ（山中温泉）

③金沢から随行してきた北枝との別れ（天龍寺、現永平寺町松岡）――など、芭蕉とさまざまな人々との別れなどが描かれている。

□石川県にかかわる近年新出の芭蕉書簡は

二〇一三（平成二十五）年九月、芭蕉翁記念館（三重県伊賀市）で宮竹屋小春秘蔵芭蕉書簡「加賀山中懐紙」が新出の芭蕉書簡として展示された。「加賀山中懐紙」（縦三〇・八センチ、横四七・五センチ、軸装）の文面は「加賀に入　わせのかやわけ入右はありそ海　おなじく山中の涌湯にあそぶ　やまなかやきくはたおらじゆの匂《におい》　この処《ところ》十景有て　高瀬の漁火《いさりび》と云。其ひとつなれば　いさり火にかじかや波の下むせび　元禄二初秋　武陽芭蕉桃青」とある。宮竹屋喜左衛門（旅人宿本陣、手判問屋）で芭蕉らは奥の十畳半の座敷に泊まった。

□芭蕉書簡の偽物とは

お宝探しブームで二〇一〇（平成二十二）年九月、テレビ東京から筆者へ協力依頼があったのをはじめ、筆者のもとには全国から俳人遺墨の真贋《しんがん》鑑定の依頼の手紙が写真入りで送られてきたりする。俳諧の世界では大物でないと偽物はない。偽物が多い代表格は元禄期の松尾芭蕉、天明期の与謝蕪村、化政期の小林一茶、中興期の加賀の千代女らである。芭蕉についての偽物は多岐にわたっているが、特に多いのは書簡である。真贋を判定するには年代ごとの芭蕉の書風、書癖の変化を知り、正しく見る目を養うことが必要なのは当然である。

偽物の特徴として、①料紙（用紙）にわざと時代色を付けたものを使っている場合が多い。短冊《たんざく》の場合、元禄以後の料紙を使っている。

②内容が史実と矛盾しているが、それを悟らせないため、書簡は短く、決まったように良い位置に名句が収まっている。

③宛名人の伝記がはっきりしていなかったり、日付に何月かが入っていなかったりしている――などが挙げられる。

これらの三つのうち一つでもあてはまるものがあれば、偽物の可能性が極めて高い。有名な句、文章ほど偽物が多く、茶席に使えるような整った形態のものは危ないように思われる。

□石川県内に元禄版『おくのほそ道』が現存しているか

一九八〇（昭和五十五）年十一月、能登町松波（現鳳珠郡《ほうすぐん》能登町松波）の朝倉善之助さん方で元禄版『おくのほそ道』（桝型本、一六・七糎《センチ》×一四・二糎《センチ》）初版本、松尾芭蕉著が発見されている。表紙は砥粉《とのこ》色地の行成表紙で、題簽《だいせん》は白地金真砂文に『奥の細道』とある。『奥の細道』は元禄七（一六九四）年、芭蕉が自筆原稿を浅草自性院の住職、素龍に清書させたもので、元禄版は芭蕉没後の元禄十五年に井筒屋庄兵衛が清書本をほぼ正確に模写した数十冊の版本。素龍の筆による芭蕉所持本（原本）は芭蕉の遺言で去来に贈られ、西村家に保存される。

□高校生の好きな芭蕉の句は

石川県立野々市明倫高等学校生徒百七十四人に好きな芭蕉の句を聞いたアンケート（複数回答可）の結果（一九八八年調査）を紹介する。

①「夏草や兵《つわもの》どもが夢の跡」（百四十六人）。栄華を極めた奥州藤原氏と義経主従の散華。兵士たちの功名の夢は消え、跡には夏草だけが茂っている。

②「五月雨《さみだれ》の降《ふり》のこしてや光堂」（百三十七人）五月雨の雨粒が光堂だけは避けている。

③「閑《しずか》さや岩にしみ入蟬の声」（百十七人）静寂の中、岩にしみ入るようにセミの声が聞こえる。

④「五月雨をあつめて早し最上川」（百六人）五月雨の雨水が集まり、最上川の流れが早くなっている。

⑤「石山の石より白し秋の風」（百一人）。芭蕉が加賀路で詠んだ句の中ではこの句がトップ。

加賀路の句は以下、

⑦「むざんやな甲の下のきりぎりす」（七十九人）

⑪「塚も動け我泣声《わがなく》は秋の風」（三十七人）

⑬「しほらしき名や小松吹萩すすき」（二十八人）

⑭「山中や菊は手折《たお》らぬ湯の匂」（二十三人）

⑯「あかあかと日はつれなくも秋の風」（十五人）——となる。

那谷寺《なたでら》を詠んだ「石山の」の句について那谷寺に遠足や写生大会で出かけたことがあると、当時の生徒は好きな理由のひとつに挙げていた。

□現代俳人の好きな芭蕉の句は

一位は「荒波や佐渡によこたふ天河《あまのがわ》」。
二位は「閑さや岩にしみ入蝉の声」。
三位は「夏草や兵どもが夢の跡」となっている。
「加賀路」での作品に限ってみると、八位の「石山の石より白し秋の風」が一位。
次は二十位の「あかあかと日はつれなくも秋の風」。
以下、三十二位「むざんやな甲の下のきりぎりす」。
三十四位「塚も動け我泣声は秋の風」。
五十五位「わせの香や分入《わけいる》右は有磯海《ありそうみ》」。
百二十位「庭掃《はい》て出《いで》ばや寺に散柳《ちるやなぎ》」。
百六十六位「山中や菊は手折《たお》らぬ湯の匂」と続いた。（『松尾芭蕉この一句』）

□曾良の素顔は

河合曾良（一六四九〜一七一〇）は信州・上諏訪の出身で本名は岩波庄右衛門。『奥の細道』では縦一一・一センチ、横一六・六センチの紙百枚に旅の様子を書き連ねた。旅程の参考にするため『延喜式神名帳抄録』『名勝備忘録』は出発前に書き込んでいた。旅ではコースの下調べ、資料収集、旅費の会計などを担当。出発時間や天候、宿場間の距離、宿泊地、出会った人々の名、俳席で作られた歌仙の数々などをメモした丹念な旅日記のほか、『俳諧書留《かきどめ》』なども道中に書き残したと思われる。地理学や神道学に造詣《ぞうけい》が深い。

□小学生からの質問

質問（以下Q）『奥の細道』で芭蕉が詠んだ俳句の数は？　解答（以下A）五十句。

Q　芭蕉が石川県で詠んだ俳句の数は？

A　九句。

Q　百万石は今のお金でいくらぐらい？

A　諸説あるが二千億〜三千億円ぐらいか。

Q　こよみのふしぎをおしえてください。

A　元禄二年（一六八九）はうるう年（閏年）でした。うるう年とは、一年が三百六十六年になる年のこと。三十日まである大の日は、一月、二月、五月、七月、九月、十一月で、ほかに閏一月がもうけられました。芭蕉がおとずれた七月三十日（宿泊地山中温泉）の翌日三十一日はありません。

Q　芭蕉は石川県に何日間いたのか？

A　芭蕉と曾良の別離以降の加賀滞在期間は不明だが、二十五日間と推測される。

Q　芭蕉の作でないのに芭蕉の句とされた句はあるのか？
A　「松島やああ松島や松島や」「木曽殿と背中合わせの寒さかな」など。

□中学生からの質問

質問（以下Q）　芭蕉の名を歴史的かなづかいで書くとどうなるのですか？

解答（以下A）　いろんな所に芭蕉の句碑が建てられています。それほど芭蕉の句は親しまれています。芭蕉の名を歴史的かなづかいで書くと「はせを」になります。句碑に「はせを」と書いてあると、芭蕉の句碑と気付かないこともあるので注意してください。
Q　芭蕉の旅の持ち物で「矢立《やたて》」とは何ですか？
A　筆入れのことです。墨も一緒に携帯できるようになっています。矢立を持っていると、旅先で俳句を思いついた時、すぐに書き留められます。
Q　芭蕉の身長、体重を教えてください。
A　芭蕉の身長は一六〇㌢で体重は約五〇㌔だったとか。当時の日本人の平均的体格で、やや細身といったところです。江戸後期の日本人の平均身長は男性一五五～一五八㌢、女性一四三～一四六㌢といわれています。ちなみに江戸期の年齢を三、四割増しにすると現在の年齢に相当するそうです。四十六歳の芭蕉は現在でいうと六十～六十四歳ですね。芭蕉は一六九四（元禄七）年十月十二日、五十一歳で亡くなりました。

Q　芭蕉の俳句はいくつあるのですか？

A　芭蕉の作品と確実なのは九百八十三句です。疑わしいのは五百三十句、誤って芭蕉作と伝えられている句は二百八句あります。

Q　芭蕉はどれだけの距離を旅したのですか？

A　約三千里（約一万二千キロ）で、東京―博多間を五往復する距離を歩いたことになります。北限は秋田県にかほ市象潟町、西限は兵庫県明石市です。

Q　芭蕉は東北弁を理解していましたか？

A　封建鎖国制《ほうけんさこくせい》の江戸時代は各藩ごとに独自《どくじ》の方言をもっていました。芭蕉や曾良はだいたい近畿、江戸の方言に親しみをもっていたので東北弁は理解しにくいのです。だから『奥の細道』の旅は大変こまったことでしょう。芭蕉らが各地で宿泊を断られたり、番所《ばんしょ》（関所）で見とがめられたりしました。

Q　芭蕉の好物は何ですか？

A　こんにゃく、キノコ、芋の煮しめ、ゴボウ、きくらげなどです。『曾良旅日記』には食べ物に関係する記載が三十五回出てきますが、麺類《めんるい》六回で、芭蕉は麺類が好きだったようです。山中温泉から小松の塵生《じんせい》に宛てた手紙でも、うどん二箱をもらった礼を述べています。

第二章　越中の歌枕

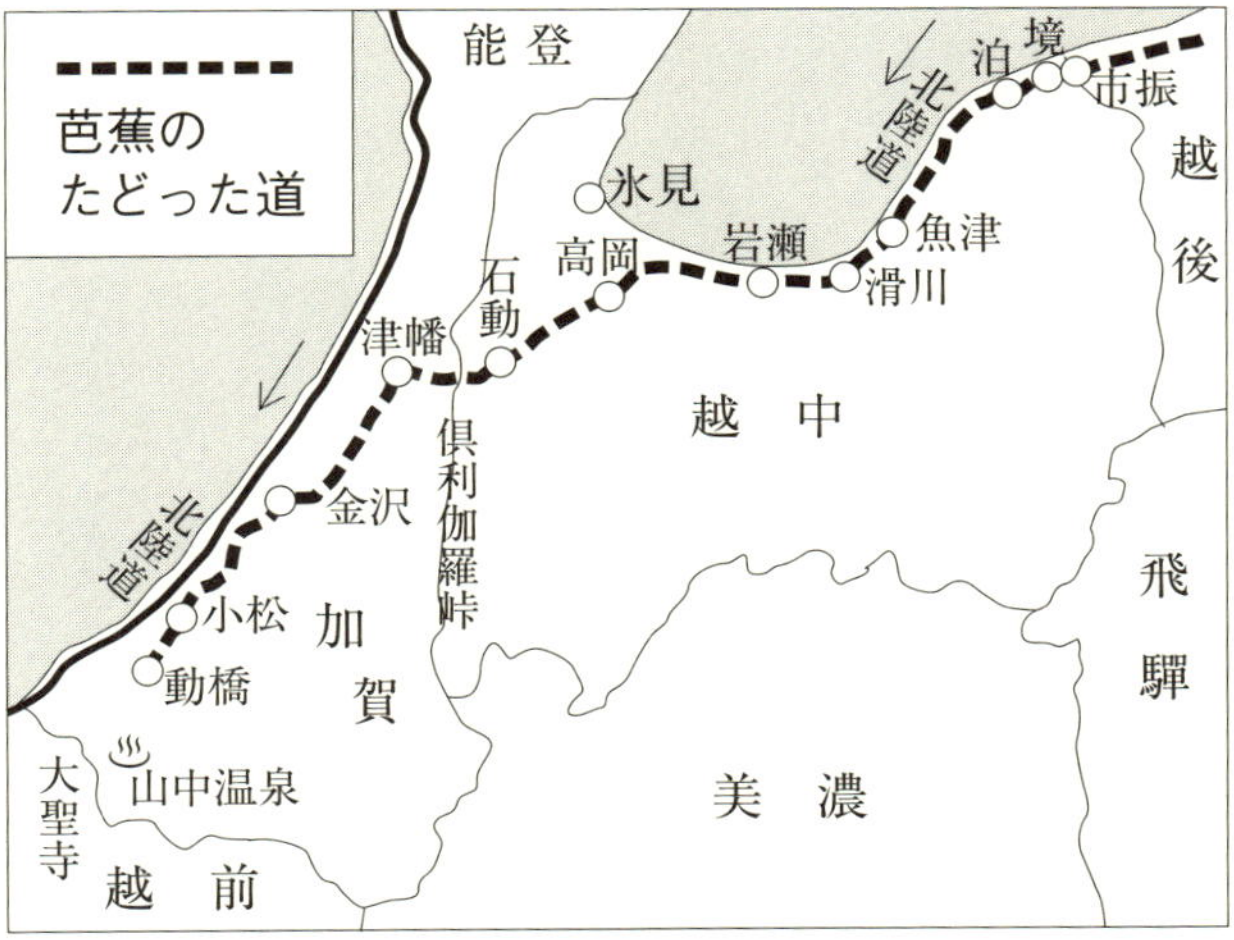

越中路（境から倶利伽羅峠）

□境《さかい》関所はどこにあるのか

一六八九（元禄二）年七月十三日（陽暦八月二十七日）、市振《いちぶり》を出発した芭蕉と曾良。北陸道を西進すると、まもなく市振村玉の木に境川が流れていた。名の通り、この川が越後と越中の国境で、越中側の最初の村名を「境」（現富山県朝日町境）といい、加賀藩（金沢藩）の関所「境関所」が置かれていた。加賀藩は一六一四（慶長十九）年、ここに境関所を設け、六十人の高禄・藩兵がものものしく厳重に警戒していた。ここから入国するには名前と生国《しょうごく》を告げるだけでよいが、出国の際は金沢・富山（加賀藩支藩）で発行した出判がないと通過できない。曾良は「出手形《でてがた》入の由」と書き留めている。

□『古絵図』による「黒部四十八が瀬」は

江戸中期の『従加州金沢至武州江戸駅路之図』と江戸後期の『金沢江戸道程図』を見ると、愛本あたりまで一本で流れてきた黒部川が平野に入って赤川から沓掛《くつかけ》間で、川幅を一里（約四キロ）ないし一里半にも広げ、七本の分流となって富山湾に流れ下り、壮観だ。その間の浜街道（当時の北陸道）は赤川・春日山・横山・ヤハタ・君嶋・入善《にゅうぜん》・上野・青木・沓掛という集落を通過する。そして入善と沓掛の間は特に黒部川本流が乱流となって扇状地を網目のように流れ下る。最終的には四本の分流となって富山湾に注いでいる（武部弥十武氏のご教示による）。

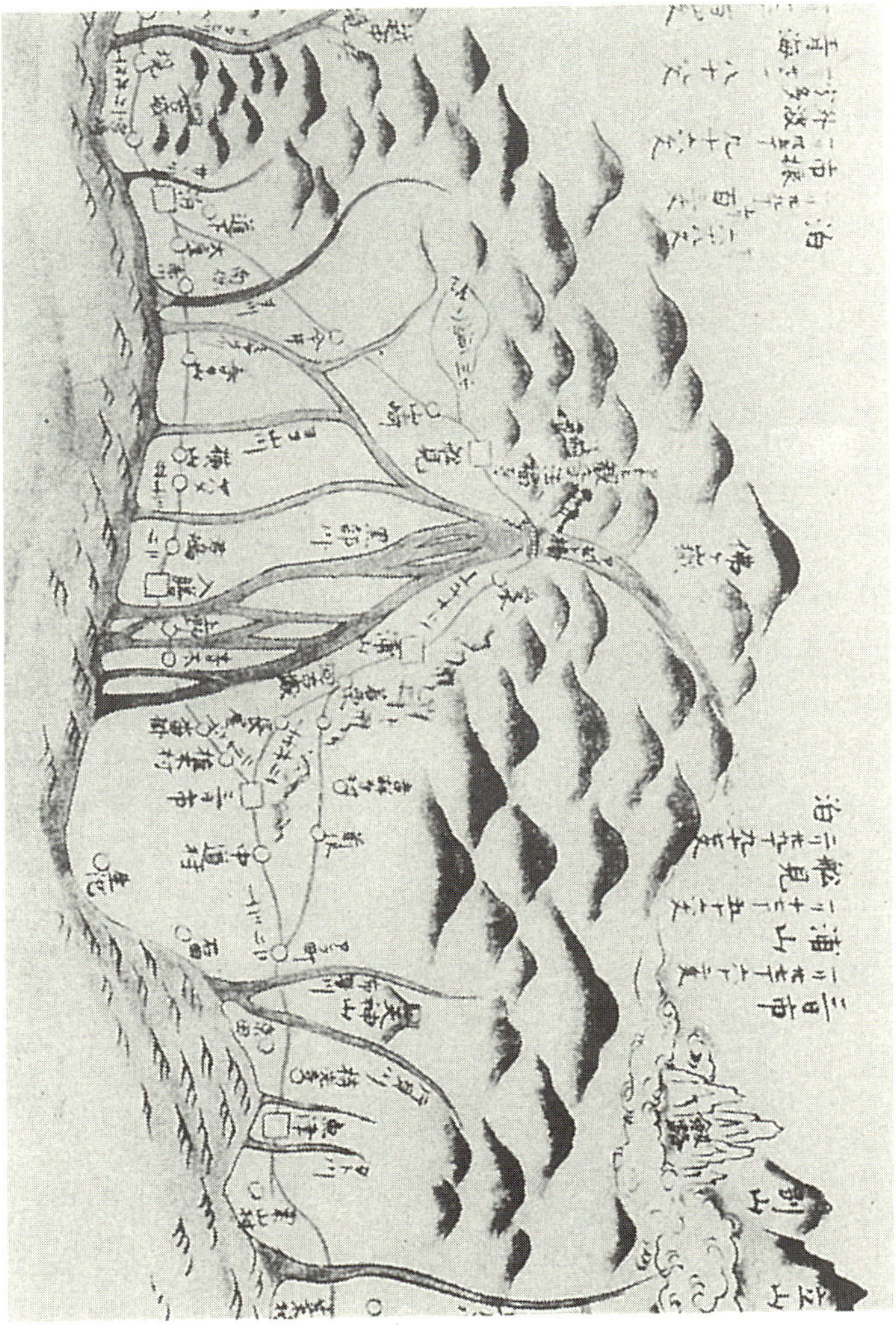

古地図「黒部四十八が瀬」（『従加州金沢至武州江戸駅路之図』）

□越中路での芭蕉の目当ては

七月十三日、越後の市振を出発した芭蕉と曾良は越中に入り、黒部川を渡ってその日は滑川《なめりかわ》に泊まる（宿泊先は川瀬屋か）。翌朝は常願寺川、神通川《じんづう》を渡って放生津潟《ほうしょうづがた》に着いたのは昼ごろだろう。そこから高岡に道をとって高岡に夕刻前に着いて泊まる（宿泊先は不明）。十五日朝、北陸道を西に進み、倶利伽羅《くりから》峠を越えて、午後二時三十分ごろ金沢入りした。芭蕉は越中路で「那古《なご》（奈呉）」「担籠《たご》」「有磯海《ありそうみ》」「卯《う》の花山《はなやま》」といった四つの万葉の歌枕を巡る旅を目当てとして境川（越後と越中の国境）から倶利伽羅峠まで歩いた。

□「越中路」の条は

「くろべ四十八が瀬とかや、数しらぬ川をわたりて、那古と云浦《いふ》に出《いづ》。担籠《たご》の藤浪《ふじなみ》は、春ならずとも、初秋《はつあき》の哀《あわれ》とふべきものをと、人に尋《たずぬ》れば、『是《これ》より五里いそ伝ひして、むかふの山陰にいり、蜑《あま》の苫《とま》ぶきかすかなれば、蘆《あし》の一夜《ひとよ》の宿かすものあるまじ』と、いひをどされて、かがの国に入《いる》。わせの香や分入右《わけいる》は有磯海《ありそうみ》」。以上が『奥の細道』の越中路の条（箇所）である。越中万葉の歌枕を散りばめて、芭蕉の関心がどこにあったかを示す名文。芭蕉は境川から倶利伽羅峠までの「越中路」を二日二晩で横断した。

□「越中路」の条を現代語訳にしてください

黒部四十八が瀬というが、それらの他にも数が分からないほどの多くの川を渡って、那古という海岸に出た。歌枕に知られた担籠の藤は、秋なので見ることはできないが、花咲く春でなくとも、初秋の情趣もまた訪ねて一見すべき価値のものよと、土地の人に担籠を聞いてみるに「この那古から五里ほど海岸伝いに行って、むこうの山陰に入った所で、その辺は漁師の粗末な小屋が少しあるだけだから芦の生い茂る水辺に一夜の宿を貸してくれる人あるまい」と言っておどされて、そのまま断念して加賀の国に入る。

わせの香や分入右は有磯海

□「越中路」の条の特色は

黒部四十八が瀬を渡ったとあって、すぐに那古の浦（現射水《いみず》市放生津潟《ほうしょうづ》から高岡市伏木一帯にかけての海浜）に出たというのも随分歩度の速い記述である。その那古の浦からすぐにまた「加賀の国に入る」というのもまた歩度の速い記述。越中国もまた芭蕉によって越後国と同じように条の文章が短い。芭蕉は十三日、黒部四十八が瀬という数多くの川を渡り、翌十四日、那古の浦に出た。そこから氷見《ひみ》の担籠の浦に訪れたかったが、担籠の歌枕探訪の旅をあきらめて、加賀の国へ行くことにしたエピソードを記した約百四十数字になる条である。

加賀は百万石の大国であった。芭蕉は、この「わせの香や分入右は有磯海」の句について「もし大国に入りて句をいふ時は、その心得あり」（『三冊子《さんぞうし》』）といったという。大国加賀にふさわしい品位を持った、というならば、加賀の国に対する挨拶句であった。芭蕉が金沢に書いたのは七月十五日。このころは連日暑さがはなはだしく、芭蕉は気分がすぐれなかったが、大国加賀へ足を踏み入れようとする芭蕉の精神の昂揚（改まった気分に心を引き立たせる緊張したリズムを打ち出した）が込められている。

□『曾良旅日記』による越中路は

七月十三日（陽暦八月二十七日）十三日　市振立。虹立。玉木村、市振ヨリ十四、五丁有。中・後ノ堺、川有。渡テ越中ノ方、堺村ト云。加賀ノ番所有。出手形入ノ由。泊ニ至テ越中ノ名所少々覚者有。入善ニ至テ馬ナシ。人雇テ荷ヲ持セ、黒部川ヲ越。雨ツヅク時ハ山ノ方へ廻ベシ。橋有。壱リ半ノ廻リ坂有。昼過、雨為降《あめふらんとして》晴。中ノ下刻、滑河ニ着、宿。暑気甚シ。

〔現代語訳〕十三日、市振発。虹が立っていた。十四、五町行った玉木村に越後と越中の堺川が流れている。越中に徒渡《かちわたり》すると、堺村と言い、加賀藩の番所があった。

芭蕉たちは入国だったので必要なかったが、出国の場合の出手形は入り用だと記している。泊《とまり》に至ったが、ここに来て「越中ノ名所少々覚者有《おぼゆるものあり》」と記す。知っていた越中の名所のいくつかを聞いたのであろう。入善《にゅうぜん》に来て馬に乗ろうとしたが、出払っていたのか馬がいなかった。人を雇って荷物を持たせ、黒部川《くろべかわ》を越える。雨の続いたときは増水するので、山の方に回るようにすれば橋があるとも記している。ただし一里半ほど距離があり、坂もあるとのこと。昼すぎ、今にも雨が降り出しそうになったが、晴れる。申《さる》の下刻に滑川に着く。

七月十四日（陽暦八月二十八日）　十四日　快晴。暑気甚《しょきはなはだ》シ。富山カカラズシテ（滑川一リ程来、渡テトヤマへ別）、三リ、東石瀬野（渡シ有。大川）。四リ半、ハウ生子（渡有。甚大川也。半里計）。氷見《ひみ》へ欲行《ゆかんとほっして》、不往《ゆかず》。高岡へ出ル。二リ也。ナゴ・二上山・イハセノ等ヲ見ル。高岡ニ申ノ上刻、着テ宿。翁、気色不勝。暑極《きわめ》テ甚《はなはだし》。小□同然。

〔現代語訳〕十四日、快晴。暑さがひどい。滑川から一里ほどで、富山の方への道をとらずに常願寺川を渡って浜辺を行ったらしい。三里で東岩瀬（日記には東石瀬野）。ここで神通川の渡しを越えて（舟渡）四里半で放生津に着く。半里ほどで庄川に至ったが、ここにも渡しがある。右に折れて氷見に行こうとしたが止《や》めて二里ほどで申の上刻に高岡に着き、宿をとる。今日は那古、二上山、石瀬野《いわせの》などの歌枕を見ることができたが、はなはだしい暑さのために芭蕉も曾良も気分がすぐれなかった。『奥の細道』には歌枕の「担籠《たご》の藤浪《ふじなみ》」を訪れ

北陸道越中泊から三日市まで、上街道の松並木

ようとして断念したとある。『曾良旅日記』は一六八九（元禄二）年、同四年の旅日記を中心とする曾良の自筆メモ。（桜井武次郎『奥の細道行脚「曾良日記」を読む』）

□『奥細道菅菰《すがごも》抄』の越中路を注釈してください

『奥細道菅菰抄』に「くろべ四十八が瀬とかや（中略）那古と云浦に出。担籠の藤浪は春ならずとも」の項があり、次のように書かれている。

くろべは、黒部と書。川の名にて越中婦負《ねい》郡三日市と、「鉢の木の風物に云桜井の宿なり」魚津との間を流る。河上に相本の橋といふ名高きはね橋あり。是を本往来とす。四十八ケ瀬は、下海際わの往還にて、岩瀬通りと云近道、或は越中の海辺、能登の国などへ行道筋也。河原の幅一里半ばかり、其中を幾瀬も流れて、難河あり。那古、担籠は、皆越中射水郡の名所にて、那古の湖は放生津と云。

浜町の北に有。名所方角抄には奈古と書り。なごの海の汐のはやひにあさりにし出んと鶴は今ぞ鳴なる。「此外古歌多し」担籠は、歌書に多古、多胡等の字を用ゆ。「たこの二字すみてよむべし。駿河の田子の浦に紛るる故なり」海辺氷見の町の北、布施の湖のほとり、「布施のうみも名所なり」今田となる。拾遺、多胡のうらの底さえ匂ふ藤なみをかざして行ん見ぬ人のため、人丸。此藤のかたみとて、今猶しら藤あり。此上の山に、大伴家持の館の跡あり。〇友人青木子鴻の説に、たこは、担籠と書を正字とすべし。担籠は、汐汲桶の名。

此処は、海辺なれば、担籠にて汐をくみ、焼て塩となす。故に担籠のうらと称す。塩やく浦といふ心也。多古、多胡、多枯等は、皆仮名書なり。駿河の田子の浦も、是に同じ。故に続日本紀ニ、駿河ノ国従五位下楢原造ツコ東マ人ラ部内イ原郡多枯ノ浦ノ浜ニ於テ、黄金ヲ獲テ之ヲ献ズ、と有。然れば、たこの浦は、越中、駿河ともに何れの字を用いても苦しからず、と見えたり、といへり。

黒部川をわたり、那古の浦を経て、担籠の藤浪に心がひかれながらも断念し加賀入国、といった軽快で簡潔な文を前文とし「わせの香や」の句に焦点をあてた。

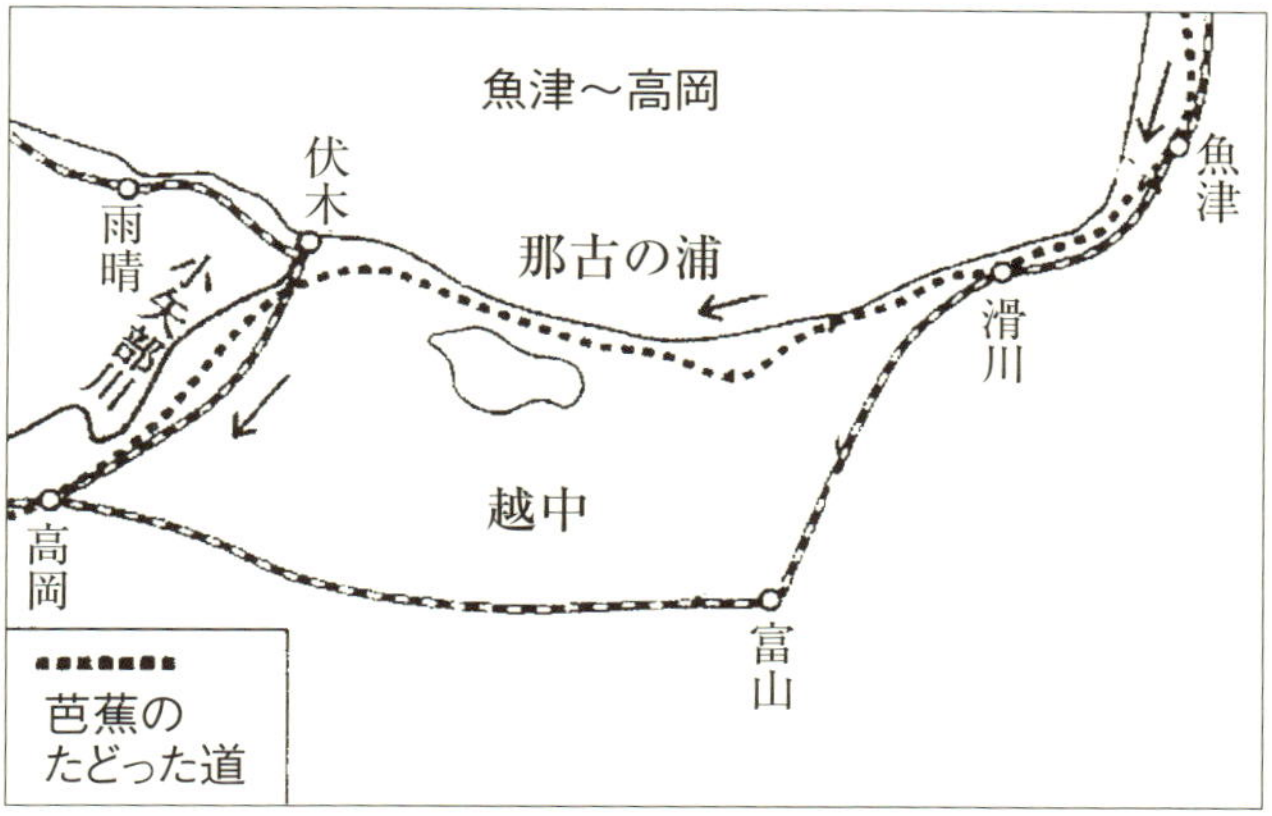

奈古（奈呉）の浦

□「数しらぬ川」の諸説とは

富山湾に流れ込む川は多く、黒部川の四十八が瀬をはじめ、布施《ふせ》、片貝、早月、常願寺、神通川などの多くの川がある。幹支流合わせて九十余の川があるともいわれている。『奥の細道』の「くろべ四十八が瀬とかや、数しらぬ川をわたりて」の「数しらぬ川」が何を指すかについては、①「くろべ四十八が瀬」そのものを指すとする説、②「くろべ四十八が瀬」および「那古」までにあるすべての川を含めているとする説、③「くろべ四十八が瀬」以外の諸川すべてを指すとする説――の三説が挙げられる。いましばらく②説にしたがう。

□俳人知十《ちじゅう》という人物とは

芭蕉と曾良は越中路の一日目(七月十三日)午後六時ごろに滑川に一泊している。その宿泊先は不明である。『奥の細道』はもちろん『曾良旅日記』においても、その宿泊先は記されていない。宿泊は一七六四(明和元)年、徳城寺(現滑川市四間町)に芭蕉の句碑(早稲の香やわけ入る右はありそ海・芭蕉七十回忌に)を建てたが俳人川瀬知十の生家「川瀬屋」だったと推定される。徳城寺発行の栞《しおり》には「芭蕉翁宿泊ゆかりの寺」とある。芭蕉らはどちらかに宿泊したのだろう。芭蕉句碑の裏には一七八三(天明三)年建立の知十塚がある。

『滑川の俳諧』によれば、知十は滑川の人。通称・川瀬屋彦右エ門。別号・冨竹園、冨竹舎、冨竹楼、風竹舎。知十は滑川町の通称井黒屋(現妻本家)茂右エ門(五代の主)の弟で、旅籠川瀬屋に入り、七代の主。宝暦年間滑川町組合頭を務む。加賀の麦水門。『越中古今詩鈔』に「川瀬知十。名尚次。通称、又三郎。能詩。精干茶道。不知其所終。」とある。一七七一(明和八)年六月二十五日没。行年七十歳(推定)。編著『早稲《わせ》の道』(宝暦十三年刊)。滑川市を歩くと、千本格子を持つ家が多くあり、古い港町と宿場町のおもかげが濃く残っている。

□越中万葉の歌枕とは

那古は奈古、奈呉とも書く。射水市あたりの海岸。大伴家持「あゆの風いたく吹くらし奈呉の海人《あま》の釣する小舟漕ぎ隠《かく》る見ゆ」（『万葉集』）。放生津八幡宮（射水市八幡町）境内に奈呉の歌碑、「早稲の香や」の句碑（芭蕉の百五十年忌）がある。

担籠は多枯、多古とも書く。氷見市下田子のあたり。内蔵縄麿《くらのなわまろ》「たこの浦の底さへにほふ藤浪をかざして行かむ見ぬ人のため」（『万葉集』）。担籠は藤の歌枕で、藤浪は藤の花が浪のようにゆれることから出た語。藤の名所として藤波神社（氷見市下田子《しもたご》）がある。

「あゆの風」の歌碑（放生津八幡宮）

有磯海荒磯海《あらいそうみ》が「ありそうみ」と短縮し、この字が当てられたといわれている。大伴家持「かからむとかねて知りせば越の海の荒磯の波も見せましものを」（『万葉集』）から考え出された歌枕。広くは富山湾全体ともいうが、伏木港（高岡市）の西あたりから氷見にいたる一帯の海。有磯海の位置からすると「わせの香や分入右は有磯海」の句は高岡あたりで詠まれたものだが、『奥の細道』では「かがの国に入」とあって、金沢近辺で詠まれた句として扱われている。

酒田から越後、越中と十七日間、四百キロにわたって歩き続けてきた日本海沿いの道ともここで分かれる。

卯《う》の花山《はなやま》は、源平倶利伽羅合戦ゆかりの地（砺波山《となみやま》の別の古称である卯の花山＝卯の花の咲いている山）。夏の雑歌《ぞうか》「かくばかり雨の降らくにほととぎす卯の花山になほか鳴くらむ」（『万葉集』）によって知られる歌枕。『砺波山合戦絵図』（一六六六年刊）に源氏ケ峰、矢立山と並んで「卯の花山」が載り、『曾良旅日記』十五日の条に「源氏山、卯の花山也」とある。歌枕によって古歌の調べを心に味わい、倶利伽羅合戦場の名から人の世の興亡に思いを通わせている。

□越中万葉と芭蕉について

『万葉集』（全二十巻四千五百十六首、日本最古の和歌集）を編纂《へんさん》したとされる大伴家持は国守（今の県知事）として越中に七四六（天平十八）年に赴任し、都にもどる七五一（天平勝宝三）年までの五年間に三百三十七首を詠んでいる（家持のころ、能登地方は越中国の一部で能登国の歌も含む）。また、越中万葉全三百三十七首のうち、越中国で二百二十三首もの歌を詠んでいる。

芭蕉の旅の目的は、名所、旧跡、歌枕をめぐって古人のおもかげを思慕することにあり、越中路では万葉の歌枕を訪ねてきたのであって、町を見物することでなかったのである。

□「わせの香や」の句の構想は

芭蕉の弟子、服部土芳《どほう》は『三冊子』に芭蕉の言葉として「もし大国に入りて句をいふ時は、その心得あり。都がた名ある者、加賀の国に行きて、くんぜ川とかいふ川にて〝鮴踏《ごりふ》む〟といふ句あり。たとへ佳句とても、その位を知らざれば也（後略）」と書いている。

現代語に訳すると「大国に入って句を作る時には心得が必要だ。都で有名な人が加賀の国で『ごりふむ』という句を作ったが、いい句であっても、加賀という大国の品格を知らないから小さな渓流の出来事を詠んだのだ」となる。芭蕉は加賀という大国にふさわしい品格を「わせの香や」の句に込めたのである。

「わせの香や」の芭蕉の句碑（放生津八幡宮）と筆者。

「わせの香や分入右は有磯海」の句は「わせの香」「分入」「有磯海」の三語で、越中から加賀に入る途上の雄大な風景がよく表現されている。いよいよ待望の大国、加賀の玄関口にさしかかったという芭蕉の心に躍る気持ちが込められているように思う。また、加賀路で芭蕉来訪を待ち続けている一笑《いっしょう》らのこともあって「一刻も早く足を踏み入れたい」という感情も手伝っているのではないかと感じる。以上のような芭蕉の意識が、この句を大国の位に応じた格調の高い句に仕立てたのであろう。

□「わせの香や分入右は有磯海」の句意は

「道の両側のわせの稲は、もう穂が出そろっていて、花をつけている。実りのわせの香りがかすかに漂っている。その中をかき分けるようにして進んでいくと、右手遠くに歌枕になっている有磯海が広がっている」との意。季語は「わせ」で秋。芭蕉はこの句を加賀入りのあいさつとして治定するつもりであったことは『卯辰集《うたつ》』以外の諸資料に伝える「かが入り」「かがに入りて」「加州に入」との前書で明らかである。また、この句について「もし大国に入りて句をいふ時は、その心得あり」と言った芭蕉は、大国加賀にふさわしい品位を持った。

□『奥細道菅菰抄《すがごもしょう》』の「わせの香や」の注釈は

『奥細道菅菰抄』は『奥の細道』の注釈書で、簑笠庵梨一《さりゅうあんりいち》によって書かれた（安永七年八月刊）。その中の「わせの香や分入右は有磯海」の項には次のように書かれている。

雄大な自然の越中平野

ありそ海には、二義有。一義は、荒磯海と書て、(ライノ仮名反シリ也)あら海の惣名《そうみょう》とす。我恋はよむとも尽じありそうみの、とよみし是也。一義は、有裙(アリソ)と書ク。

「或は有磯の字を用ゆ」越中射水郡にある名所なり。加州金沢の俳士麦水の説に、此北の野を有野と云。其すそなる故に、有裙とすと。大崎のありそわたりに這ふ葛の、と聞えし是なり。「大崎は氷見の町より半道あまり南に、青といふ村あり。其上の山の海上へさし出たる崎にて、今尾がさきと云。按ずるに、もと青村の出崎ゆへにあをが崎といひしを、いつしか大崎、尾がさきなどと唱へ誤りたる成べし」

「有磯海」は磯に荒波の打ち寄せる海のことで、もとは普通名詞であったが、『万葉集』の歌などから、富山県射水郡および氷見郡の海の名称となり、富山湾の別称となった。ここでは射水川河口の伏木《ふしき》港西北一帯の海を指すわけであるが、荒い海という感じを含ませる。

□「わせの香や」の句が詠まれた場所は

「わせの香や分入右は有磯海」が詠まれた場所は、泊（現富山県朝日町泊）、滑川、放生津あたり（現射水市）、富山湾の伏木港の西に近い渋谿《しぶたに》崎から西方、氷見に至る一帯の海辺あたり（現高岡市、射水市、氷見市）、加賀の国に入ってからなどの説があり、句が詠まれた場所は特定できない。麻生磯次（『奥の細道講読』）は「この句が詠まれた場所には、二つの条件があり、一つは有磯海（広く越中の海と考えてもよい）が見えるところであること、もう一つは、そのあたりに一望万頃《ばんけい》の稲田が続いていること」としている。

麻生磯次は、有磯海が見え、田が続くという二つの条件を満たすのは、おそらく新湊《しんみなと》から高岡に至る道中で、それも新湊から高岡の方へ曲がって間もなくの場所だと考えた。芭蕉が実景に接し、この句ができたと思っていたようだ。

一方、堀切実（『おくのほそ道　永遠の文学空間』一九九七年刊）は、「おそらく倶利伽羅峠の頂上あたりで構想した句とした。高岡あたりから、海を背にしてわせの稲田をかき分けるように歩いてきて、頂上に立つと右手一面に有機海が広がっている。『いよいよ加賀の国だなあ』という感慨が込められているのではないか」としている。

堀切実は、「さらに芭蕉がそこに至るまでに見てきた「早稲の田」のイメージと、眼前に見る「海」

のイメージがモンタージュのように合成されて、この句が出来あがっている」と述べている。

「わせの香や」の句の解釈については若干見解が分かれており、また、句が詠まれた場所についても検証が試みられている。現在のところ、この句は芭蕉が実際にある場所に立って、眼前にした実景をそのままストレートに詠んだものではなくて、芭蕉自身によるイメージの合成であるという説が有力になっている。

□「わせの香や」の句碑はどこにあるのか

①朝日町元屋敷の路上　一八一八（文政元）年、地元住民、伊東竹堂《ちくどう》が建立。

②北陸自動車道有磯海サービスエリア　一九八四年四月、上り線側、下り線側にそれぞれ建立された。

③滑川市四間町の徳城寺　一七六四（明和元）年に滑川の俳人、河瀬屋知十、史耕《しこう》らが建立したものと、一九八九年十一月に橋本徳倫《のりみち》らが建立したものがある。

④射水市八幡町の放生津八幡宮　一八四三（天保十四）年九月、蕉翁百五十回忌を記念し、越中の俳人子邁《しまい》が建立。

⑤射水市八幡町の荒屋神社　一九一四（大正三）年八月建立。二条基弘《もとひろ》公爵が碑文を書いた。

⑥氷見市幸町の常願寺　広い境内の中に俳人富安風生《ふうせい》書による句碑がある。

倶利伽羅峠の寝覚《ねざめ》塚を再建した金沢の僧、馬仏《ばぶつ》にならって、氷見の俳人仕切菊郎《しきりきくろう》が建立した。また、寺の裏庭にも句碑がある。高さ一メートル《メー トル》余の細長い卵形の砂岩でできていて「有磯塚」といわれている。

碑文は加賀藩家老前田土佐守直射（無名狂者）が書いた。一七四三（寛保三）年、芭蕉五十回忌にあたり、氷見の俳人馬十の父、日名田伊平衛（四代目）が建立した。

□芭蕉が歌枕の氷見へ行かない理由は

芭蕉が七月十四日、歌枕の担籠（氷見市下田子）へ行こうとしたら、そこまでは五里もあり、泊まる家もあるまいといわれてあきらめている。この年五月、氷見町（二千数百戸、人口一万二、三千人）宿場は海岸に面した漁火《いさり》の町として帯のように長い景観であったが、氷見町大火で四百三十九軒が焼失（『富山県消防史』）した。芭蕉が「いひおどされて」と記す背景に、このことを考えるべきだ。芭蕉は焼失して日数もたたない氷見へ赴いたとしても、復興途次《とじ》であれば「立ち寄ってお世話する者がいない」と那古の浦人にささやかれたのではと考える。

□『曾良旅日記』の難読四文字

『曾良旅日記』の十四日の終わりに「翁、気色不勝《すぐれず》。暑極テ甚。小□同然。」と書かれている。「小□同然」という難読四文字は誰にも読めない字で「少寝同然」（杉浦正一郎）、「少病同然」（井本農一）、「小持同然」（尾形仂《つとむ》）、「不快同然」（潁原《えばら》退蔵）と、俳文学者は苦心して読んでいる。芭蕉は疲労から体調を崩した。曾良も同じように歩いていたのだから、疲労の極致にあった。いずれにせよ、暑さによる疲労かと思い、憧れていた担籠の藤を見られなかったことで、芭蕉はひどく機嫌を損じ気分を悪くしていたのだろう。

和田徳一（『越中俳諧史』）は「小招利然《こまりけり》」と読む。これは、わざとだれにも読めないように工夫して書き「こまり然《けり》」と読んで芭蕉に対するうっ憤の気持ちをぶちまけたもので、この日のはじめにつけた□の符号も、小間《こま》（格子の『こま毎《ごと》に』と『枕草子』にある、小さい間）しるしから、こま、すなわち、困る意味を表す符号としたものだろう、という。芭蕉の不機嫌さに手を焼いた曾良が、だれにもわからない書き方で、自分の気持ちを記したといえよう。芭蕉を訪ねる越中の俳人ばだれ一人いなかった。

□芭蕉の「気色不勝」の内容は

芭蕉は暑さがこたえた一日（四十キロほどの道程を歩く）で、高岡の旅籠町（現高岡市旅籠町）の宿でゆっくり足をのばし、養生したことだろう。『曾良旅日記』のなかに「着テ宿。翁、気色不勝（気色すぐれず）。暑極テ甚。」とある。和田徳一の『越中俳諧史』は「気色不勝」とあるのを病気のように受け取っている向きが多いようだが、これは芭蕉の機嫌が悪いということだ。楽しみにしていた伏木から氷見にある担籠の藤浪へはとうとう行けなかったことで、ひどく機嫌を損じ、気分を悪くしていたのだろう、といっている。

□高岡の宿泊先は

越中路の二日目は田子浦《たごうら》（多胡の浦・担籠の藤浪の名所）を訪れることを断念。庄川《しょうがわ》を船で渡って六渡寺《ろくどじ》に入り、道を南西に向かって、右手に歌枕の二上川《ふたがみ》を遠望しながら、吉久《よしひさ》から能町《のうまち》を経て、午後三時半ごろ高岡に入る。宿泊先は不明。芭蕉の宿泊は『高岡市史』に、棚田屋（木舟町）という薬屋に宿をお願いしたが、断られ立ち去ったという言い伝えが載る。また、宮永正運（越中の農政学者）が子孫に書き残した古文書に「高岡の客舎葵谷《あおいだに》屋何かしかもとにかりねの袖をかたしき」という説を紹介しているが、いずれも根拠がない話である。

□富山県内の芭蕉句碑は

①北陸自動車道越中境パーキングエリア　一九八八（昭和六十三）年七月、上り線側、下り線側に「一家《ひとつや》に遊女も寝たり萩と月」の句碑が建立された。

②入善町舟見の十三寺境内　一八三四（天保五）年、山廻役脇坂太郎右衛門（七代目）によって建てられた「うらやまし浮世の北の山桜　はせを翁」の句碑がある。

③滑川市神明町の櫟原《いちはら》神社境内「しばらくは花のうへなる月夜かな」の句碑がある。碑の裏面には「安政二（一八五五）年初冬、発起　孤松庵如青・迎月亭東邱・閑時庵呉橋・時雨斉六窓」とある。碑文は金沢の俳人卓丈《たくじょう》が書いた。

④富山市水橋大町の水橋神社「阿《あ》か阿《あ》かと日は難面《つれな》くも秋乃風」の句碑がある。醸造家桜井定爾

によって一八四三（天保十四）年に建立された。

⑤富山市梅沢町の真興寺境内　「先師芭蕉翁之塚　長嘯《ちょうしょう》の墓も廻るか鉢たたき」の句碑があり、宝暦（一七五一年〜）以前の建立と推定される。

⑥高岡市中田の万年寺　「阿か阿かと日盤難面《ひばんつれな》くも秋の風」の句碑がある。一八五七（安政四）年、地元の俳人高桑甫草が建立した。

⑦高岡市戸出の永安寺　境内に「甍塚《いらかづか》　観音のいらか見やりつ華の雲　芭蕉翁」の句碑がある。越中俳人康工によって宝暦年間（一七五一〜六三）に建立された。

⑧南砺《なんと》市福野の恩光寺　境内の「其葉塚」の左側に「蝶鳥《ちょうちょう》の知らぬ花あり秋の空」の句碑が一八六四（元治元）年春に建てられた。

⑨南砺市二日町の普願寺の西に「僧朝顔幾死《そうあさがおいくし》かへり法の松」の句碑がある。一七九七（寛政九）年建立。

⑩南砺市福光荒町の福光城址栖霞園《せいかえん》　裏庭の奥に一八八一（明治十四）年建立された「あかあかと日はつれなくも秋の風」の句碑がある。

⑪北陸自動車道小矢部《おやべ》川サービスエリア　一九八八（昭和六十三）年七月、上り線側に「あかあかと日はつれなくも秋の風」、下り線側に「義仲の寝覚《ねざめ》の山か月悲し」の句碑が建立された。

⑫小矢部市城山町の城山公園　「花無くげ裸わらは濃かざし閑那《かな》」の句碑がある。「木槿《むくげ》塚」と呼ばれている。享保（一七一六〜三五）の頃建てられたとされる。

⑬小矢部市埴生地区の倶利伽羅古戦場（猿ケ馬場）の平家本陣跡「義仲の寝覚の山か月悲し」の句碑がある。一八二一（文政四）年以前に金沢の俳人馬仏が建てた。

□高校生からの質問―「越中路」の条―

質問（以下Q）「人に尋」ねた、その答えの部分を抜き出してください。
解答（以下A）「是《これ》より五里いそ伝ひして、むかふの山陰にいり、蜑《あま》の苫《とま》ぶきかすかなれば、蘆《あし》の一夜の宿かすものあるまじ」の部分です。

Q 「是より」の「是」はどこですか？

A 「那古と云《いう》浦」です。射水市海岸のことで、奈古の海、奈呉の海ともいい、歌枕です。

Q 「わせの香や」の句では何を「分入《わけいる》」のですか？

A 熟した早稲の穂のかすかな香です。一面の穂波の中を踏み分けて入っています。

Q 「担籠の藤浪」をなぜ見に行かなかったのですか？「越中路」の条の言葉で答えてください。

A 「をどされて（脅されて）」。行くことを断念し、といった意味の言葉を省略した言い方です。

Q 「蜑の苫ぶきかすかなれば」の「かすか」はどのように解釈したらいいですか？

A 「みすぼらしい」と「数が少ない」という両方の意味が含まれています。

Q 「わせの香や分入右は有機海」の句には芭蕉のどんな気持ちが表われていますか？

A 勇躍して加賀への入国を志している気持ちです。大国・加賀へのあいさつの意味もあります。

Q　「越中路」の条の「初秋」「一夜」の読みは「しょしゅう」「いちや」でいいのですか?

A　「初秋」は「はつあき」「しょしゅう」の二説があるが、諸本『奥の細道』に「はつ秋」とあることや、和文的な文脈から「はつあき」説を取る。「一夜」は「ひとよ」とも「いちや」とも読める。「日光の仏五左衛門」の条では「いちや」と読むのが正しい。だが、ここは「蘆の一節《ひとよ》」と「一夜の宿」を掛けた掛詞であるため「いちや」とは読めない。だから「ひとよ」と読む。

Q　①「四十八が瀬とかや」の「とかや」、②「初秋の哀とふべきものを」の「ものを」、③「蘆の一夜の宿かすものあるまじ」の「まじ」——の語法をそれぞれ説明してください。

A　①「と」は格助詞、「か」「や」はともに疑問の係助詞。断言することを避け、疑う意を有した表現法。②「ものを」は形式名詞「もの」に接続助詞「を」がついたものだが、一つの複合助詞（逆説助詞）として「のに、けれども」の意を表す。③「まじ」は打ち消し推量の意を表す助動詞の終止形。口語の「まい」にあたる。

□高岡から金沢へ芭蕉が通った道は

『曾良旅日記』によると、七月十五日は「快晴。高岡ヲ立。埴生八幡ヲ拝ス。源氏山、卯ノ花山也。クリカラヲ見テ、未《ひつじ》ノ中刻、金沢ニ着。」とある。一行は前夜、高岡に泊まったが、暑さで寝苦しく、芭蕉はくたくたに疲れていて機嫌が悪かった。芭蕉は一晩たっても体調はすぐれなかったろう。曾良は高岡に滞在しての静養を勧めただろう。高岡から金沢まで『加越能三州地理誌稿』によると十一里

（約四十四キロ）。途中には倶利伽羅峠も待ち構えている。疲れ果てた芭蕉の身体では、全行程を歩き通すことは不可能だ。

芭蕉は、金沢に行けば歓待してくれる者がいると言い張るので、曾良らは無理を承知で高岡を出発して金沢に向かったのであろう。十一里の道であり、しかも倶利伽羅峠の難所がありながら、午後二時三十分ごろ、早くも金沢に到着していることから考えて、高岡・旅籠町からかごを雇い、芭蕉はかごに乗ったのではないか。北陸道を南西に進んで立野《たての》、荒俣《あらまた》、福岡、芹川《せりかわ》を通り、小矢部川に架かる石動《いするぎ》大橋（幅約四十五メートル、長さ約五十六メートル）を渡ると今石動（小矢部市）に着く。芭蕉の門人文考が土地の俳人に熱心に俳諧指導を行った所だ。

今石動の北西に城山公園があり、国道42号を南下し、埴生北の交差点を右折して旧道を進むと、埴生八幡宮（護国八幡宮）がある。ここは義仲が倶利伽羅合戦の前に戦勝祈願をしたお宮。芭蕉のみならず、今石動に来たほとんどの人々が埴生八幡に参拝している。お宮を参拝した後、医王院の前を通って、石坂集落を通過して山中に入り、道は少しずつ登りにかかる。矢立山から砂坂を越えて峠へ至る山道だ。「源氏山、卯ノ花山也。クリカラヲ見テ」（『曾良旅日記』）と記された源平合戦の名所がこのあたりに集まっている。

倶利伽羅峠は越中と加賀の国境にある峠。一一八三（寿永二）年五月、木曾で兵を挙げた木曾義仲軍と、それを迎え撃つために北上した平維盛《これもり》軍が砺波山において倶利伽羅合戦を繰り広げた。義仲は夜陰に乗じ、牛の角にたいまつを付けて戦う「火牛の計」で大勝利を収めたという。芭蕉は戦いの話を聞き、気分も少しは良くなったかもしれない。芭蕉は義仲と義経が好きだった。峠近くに猿ケ馬場があり、後年「義仲の寝覚の山か月悲し」の句碑が立つ。この句は芭蕉が福井から敦賀に行く途中の燧《ひうち》ケ城の下を通った時に詠んだもの。

倶利伽羅峠を越え、なだらかな坂を下って一里（約四キロ）ほどで竹橋。竹橋から杉ノ瀬を経て津幡に入った。高岡から津幡まで約三十キロ。津幡から金沢までが約十四キロである。南下を続け、太田、利屋、花園、梅田、神谷内を通り、金沢城の北の入り口、大樋の松門をくぐる。そして春日町を経て左側にある春日社（小坂神社）の鳥居をくぐる。社の境内には、一六八九（元禄二）年六月、漆屋喜兵衛の寄進による石灯籠二基や手水《ちょうず》鉢があった。芭蕉と曾良は神前で、旅の無事を祈った。二人は高道町、金屋町の町並みを通り、浅野川にほど近い京や吉兵衛の宿に着いた。

□高岡から金沢までの駄賃はいくらなのか

この場合の駄賃とは人をかごに乗せて運ぶ際の運賃のこと。『従加州金沢至武州江戸駅路之図』では「駄賃之覚《だちんのおぼえ》」として「高岡（四里八丁・百四十六文）今石動（二里二十二丁十二間・百十二文）竹橋（三十一丁二十間・三十五文）津幡（三里十三丁・百十文）金沢」となっている。一里を四キロ、一丁を百十メートル、一間を一・八メートルとした場合、高岡から金沢まで約四十四キロの駄賃は四百三文（一文は現在の十五円程度）になる。高岡を発つ前日の七月十四日、曾良は疲れ切っている芭蕉を心配し、翌日はかごに乗せて金沢へ行くことを考え、駄賃集めに奔走したことだろう。

第三章　百万石の城下町　金沢

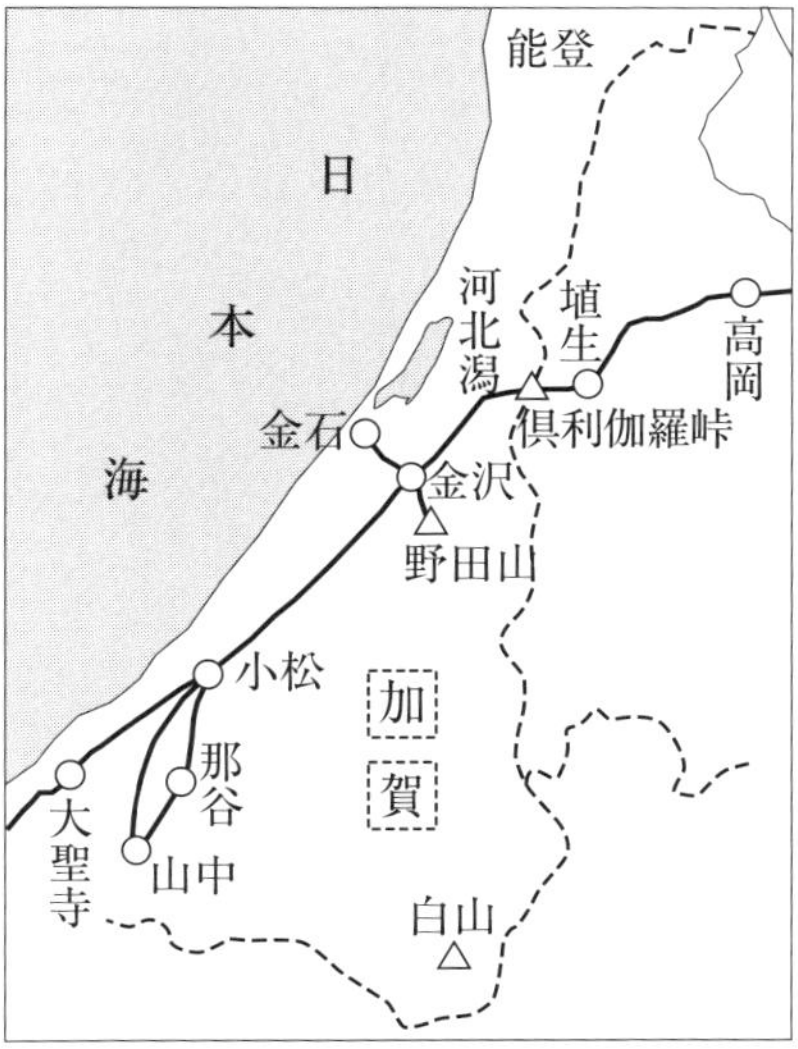

芭蕉がたどった加賀路

☆金沢

□お盆が七月と八月にあるのはなぜか

芭蕉が金沢に着いた七月十五日（陽暦八月二十九日）は、お盆の中日、すなわち魂祭《たままつり》の日で、俳人一笑の新盆（死後、初めて迎える盆）でもあった。このころの暦は月の満ち欠けを基にした旧暦。旧暦の七月は現在の八月上旬から九月上旬にあたる。

明治政府は太陽暦の一つ、グレゴリオ暦（新暦）を取り入れ「新暦の七月十五日をお盆とする」とした。それで現在でも東京や、金沢の一部のお盆は七月十五日。しかし農村地区では七月は農作業で忙しい。このため八月十五日をお盆（旧盆）としている所も多い。

□芭蕉らが金沢へ急いだ理由は

「七月十五日（中略）未《ひつじ》ノ中刻、金沢ニ着。（中略）京や吉兵衛ニ宿かり、竹雀《ちくじゃく》・一笑へ通ズ、即刻、竹雀・牧童同道ニテ来テ談。一笑、去十二月六日死去ノ由《よし》」という『曾良旅日記』の記述と、「一笑と云《いふ》ものは、（中略）去年の冬、早世したりとて」という『奥の細道』の記述は、ともに金沢に到着してはじめて一笑の死を知った、というように解釈するのが通説である。芭蕉と一笑は直接の面識はなかったが、一笑は芭蕉を慕い、金沢でひと目でも会えることを楽しみにしていたという。また、金沢来遊を誘っていたのも一笑であった（『雑談集』）。

『奥の細道』の「越後路」の条で、芭蕉は加賀・金沢まで約五百二十キロの道のりがあることを地元の人から聞いたと記している。芭蕉らは越後路の旅の終わりごろ、加賀からの書状、または伝言を受け、万子《まんし》、句空ら俳人が芭蕉の金沢来訪を待ち焦がれていること、あるいは芭蕉と交遊があった一笑、曾良と神道学で関わりがあった楚常から一笑が逝去したとの情報を得たのではないか。だから何としても孟蘭盆会《うらぼんえ》の七月十五日ごろには金沢に到着し、墓参りをしたいと、猛暑の中、越中路を急いで歩いたのではないだろうか。

市振―滑川、滑川―高岡、高岡―金沢の約百二十五キロの間、『曾良旅日記』は「十三日　市振立。…川有。…番所有。…入善ニ至テ馬ナシ。人雇テ荷ヲ持せ、黒部川ヲ越。…橋有。…坂有。申ノ下刻、滑河《なめりかわ》ニ着、宿。暑気甚シ。」「十四日快晴、暑甚シ。富山カカラズシテ三リ、東石瀬野四リ半…高岡ニ申ノ上刻、着テ宿。翁、気色不勝。暑極テ甚。」（…は中略の意）と行程だけを羅列している。慌ただしさが感じられ、芭蕉らが孟蘭盆会までに金沢へと急いだという仮説の根拠になるのではないか。

□金沢は芭蕉にとって旅の目的地だったのか

『奥の細道』では「越後路」の条は酒田から北陸道を経て市振の関に着くまでのことが記されている。その中に「酒田の人々のもてなしに別れを惜しんでいるうちに滞在の日を重ねて、行く手の北陸道のかなたを遠く眺める。はるばると（これからも遠い旅をしなければならぬという）心配が胸を痛めて（人に聞くと）ここから加賀の府金沢までは百三十里（約五百二十キロ）もある」とある。

その後、芭蕉はひたすら加賀金沢の地を目指した。金沢は文化人も多く、文化都市だ。「加賀の府」とあらたまって表現した金沢は芭蕉の目的地の一つだった。

□「金沢」の条は

「卯の山・くりからが谷をこえて、金沢は七月中《なか》の五日也。爰《ここ》に大坂よりかよふ商人何処《かしょ》と云者有《いうものあり》。それが旅宿をともにす。一笑と云ものは、此道《この》にすける名のほのぼの聞えて、世に知人《しるひと》も侍《はべり》しに、去年《こぞ》の冬早世《そうせい》したりとて、其兄追善《そのあについぜん》を催すに、塚も動け我泣《わがなく》声は秋の風　ある草庵にいざなはれて　秋涼し手毎《てごと》にむけや瓜茄子《うりなすび》　途中唫《ぎん》　あかあかと日は難面《つれなく》もあきの風　小松と云所にて　しほらしき名や小松吹萩《ふくはぎ》すすき」（『奥の細道』）。七月十五日に金沢に着いた芭蕉は、二十四日に小松へ出発するまで、十日間滞在している。

□「金沢」の条を現代語訳にしてください

歌枕の卯の花山、古戦場のくりからが谷を越えて金沢に着いたのは七月十五日だった。ここに大坂から通って来る何処という商人がいた。彼の宿屋に一緒に泊まった。一笑という者は俳諧の道に熱心だという評判がそれとなく知れて、世間に俳諧友達も少なくなかったのに去年の冬に若死にしたといって、その兄が追善会を催した際に「塚も動け我泣声は秋の風」、ある草庵に誘われて「秋涼し手毎《ごと》にむけや瓜茄子」、金沢から小松への途中の句「あかあかと日は難面《つれなく》もあきの風」、小松という所で「しほらしき名や小松吹萩すすき」。（『奥の細道』）

□俳人何処《かしょ》の素顔は

芭蕉は何処と偶然に出会ったのだろうか。そのあたりのことはよくわからない。一笑の追善集『西の雲』に「常住の蓮もありやあきの風」の悼句、乙州《おとくに》、ノ松《べっしょう》、雲口《うんこう》、一志《いっし》、徳子《とくし》、一泉、何処、句空の八吟追悼歌仙、ノ松、乙州、何処の三吟追悼歌仙のほか、発句数句を入集。『猿蓑』『卯辰集』に入集。

『曾良旅日記』に何処の名は見えない。何処は大坂道修町の薬種商で、金沢地方に来ることが多く、この土地の風流人との交渉があったらしい。芭蕉が金沢に来たとき、たまたま金沢に来ていて、芭蕉と同宿したと思われる。一七三一（享保十六）年六月没。

□俳人一笑の素顔は

俳人小杉一笑（一六五三〜八八）は単に長い俳歴（三百七十八句を詠む）の持ち主だっただけでなく、『孤松《ひとつまつ》』時代の観照のさえと繊細な感受性、澄明な心境を伴った時代の先端を行く句風の持ち主だった。こうした優れた俳人的資質を発揮していて、芭蕉の深い共感を呼び、芭蕉は一笑との対面を楽しみにしていたのである。

一笑像（『俳諧百一集』1765）

芭蕉は七月十五日午後二時半ごろ金沢に到着し、一笑の死を知った。二十二日の願念寺での追善会に「塚も動け我泣声は秋の風」を手向けた。追善集はノ松編の『西の雲』。辞世の句は「心から雪うつくしや西の雲」。

□俳諧撰集『孤松』（尚白編）は

芭蕉来訪以前の金沢俳壇の状況を語る俳諧撰集に尚白編『孤松』がある。一六八七（貞享四）年三月刊行。当時の俳人三百七人の発句二千五百二句を類題別に編み、春夏秋冬に各一冊をあてた貞享期俳書中、最大規模のもの。『孤松』に句が載った金沢俳人は雲口、一笑、北枝を含む五十九人で、中でも一笑は百九十四句が載り、編者尚白より多い。撰集の第一人者である。この撰集から見た金沢俳壇は、独自の感性で芸術の領域にまで高めた芭蕉の蕉風（正風）の俳諧に帰依すべき下地が既にできていたことがわかる。

□「其兄《そのあに》」とはだれか

其兄は一笑の実兄。俳号ノ松と称する俳人であり、一笑と共に葉茶店を営んでいた。金沢の人。七月十五日の芭蕉金沢来訪を機に、二十二日にノ松が弟一笑の追善会を催した折の追善歌仙三巻と一笑の九十五句を上巻に収録した『西の雲』を一六九一年十月に編集、刊行した。『蕉門《しょうもん》名家句集』に入っている句集『孤松』（一六八七）、『艶賀《えんが》の松』（一七〇八）などに五十余句が入集している。『西の雲』には「ノ松嫡子松水」の名も。『願念寺過去帳』には「享保二十一（一七三六）年四月十日」と命日が記されている。

□一笑は芭蕉に会ったことはあるのか

芭蕉は一笑について「此道にすける名のほの聞《きこ》えて、世に知人も侍《はべり》し」（この俳諧の道に熱心であるという評判がそれとなく知れて、世間に俳諧友達も少なくなかった）と『奥の細道』に書いている。一笑は芭蕉と会ったことはない。「京や吉兵衛に宿かり、竹雀・一笑に通ズ、即刻、竹雀・牧童同道ニテ来テ談。一笑、去十二月六日死去ノ由」（『曾良旅日記』）とあり、芭蕉は金沢の俳人竹雀と一笑に金沢到着を伝えた。すぐにやって来たのは竹雀と牧童の二人だった。一笑は前年十二月六日に亡くなっていたのだ。

「塚も動け」の芭蕉の句碑（願念寺）

□「塚も動け我泣声は秋の風」の句意は

「会うことを楽しみにしていた一笑は、この墓の下に眠っているのか。ああ、吹いてくる秋風は、わたしの泣く声。墓の石も、悲しみに動けよ。それはど私は悲しいのだ」との意。季語は「秋の風」で秋。「塚」は土を小高く盛り上げた墓。七月二十二日、一笑の兄、ノ松が願念寺の追善会での一笑追悼句。秋風を「悲風」とする漢詩の伝統に想を発したもので「塚も動け」という誇張的な措辞《そじ》は、芭蕉の悲しみの深さを物語る。一笑は加賀俳壇の俊秀として聞こえたが、芭蕉が訪れる前年の十二月六日に三十六歳の若さで病没した。

□「つかもうごけ」の懐紙はどこで発見されたか

一九六一（昭和三十六）年ごろ、金沢市にし茶屋街の「吉駒」で「とし比《ごろ》我を待ける人のみまかりけるつかにまうでて　芭蕉　つかもうごけ我泣声は秋の風」（「つかも動け」）懐紙　紙本墨書　二九・五センチ×一四センチ）が発見された。若女将によると、先代が大正末期に百二十円で買ったものだという。この芭蕉真蹟は運筆に速度があり、即席の書らしい趣《おもむき》がある。『奥の細道』旅中のこの前後の揮毫《きごう》と多少感じが違うが、それは小杉一笑追善会の席での染筆だからではないか。現在は那谷寺《なたでら》所蔵。

□「秋涼し」の句の初案は

「秋涼し手毎にむけや瓜茄子」の初案は「残暑しばし手毎にれうれ瓜茄子」（『西の雲』）である。「れうれ」は「料《れう》れ」。料理しなさいという意味。松玄庵（旧国泰寺敷地内、金沢犀川々亭）でも瓜が出されていたようだ。「秋も初めの頃で、まだ暑さが残っていた。もてなしの瓜と茄子をみんながそれぞれに料理し、いただこうではないか」との意。主人へのあいさつ代わりの即興句。「残暑しばし」という言葉は堅さがあり、後に推敲して「秋涼し」としたのであろう。「手毎にむかん」よりくつろいだ親しみの気持ちが感じられる。

□「秋涼し手毎にむけや瓜茄子」の句意は

「残暑が厳しかったこのごろだが、今日はさすがに涼しい。新鮮なウリやナスをいただいてうれしい。皆さん、めいめいに皮をむいて遠慮なくいただきましょう」との意。季語は「秋涼し」で秋。即興の句であるから、軽く口をついて出た趣である。庵主一泉への挨拶の心があることはいうまでもない。初案の「残暑しばし」は昼間の俳席の発句で、実感を表現したと思われる。「秋涼し」に改めたのは、夕方、野畑（野田山）周辺を歩き、戻った後に夜食をいただいた折の体験に基づくものであろう。

□「あかあかと日は難面《つれなく》もあきの風」の句意は

「夕日は赤々と輝いていて、残暑が厳しい。本当に暑い日が続くものだ。しかし、そうはいっても、時折吹いてくる風には、やはり秋らしい気分が感じられることである」との意。季語は「あきの風」で秋。「難面」は秋になっているのに日は素知らぬ顔で照っていると擬人化して表現した。『古今集』の有名な立秋の歌「秋きぬと目にはさやかに見えねども風の音にぞ驚かれぬる　藤原敏行朝臣」を踏まえ、夏から秋への季節の推移の中で長旅を続ける芭蕉の旅愁を詠んだ句。金沢の源意庵で、これまでの道中の発想をまとめて披露した。

□「あかあかと」の句が詠まれた場所は

「あかあかと」の句が詠まれた場所については、①金沢に至るまで、②金沢から小松の途中、③金沢――という三つの説がある。

酒田をたってから北国への苦難に満ちた道中を表出したのが「あかあかと」の句なので、①が正しい。数種の自画賛はいずれも前景にハギやススキをあしらって、遠景の地平に大きな日を描いた構図をとる。おそらく野末に夕日の沈まんとするさまを描いたのであろう。「途中唫《ぎん》　あかあかと」と「小松と云所にて」はつながらず、金沢から小松に至る途中の吟詠の意にはなり得ない。

□「金沢」の条の四句の短評をしてください

「塚も動け」の句は何とも激しい慟哭《どうこく》の句である。芭蕉は酒田の次は金沢に行こうと、日本海に沿って『奥の細道』に「加賀の府まで百三十里と聞」と書かれた長い道のりを歩いた。金沢を目指したのは、九歳年下の小杉一笑がいたからである。酒田を出発してから十九日後の七月十五日に金沢に着いた芭蕉だが、一笑の姿はない。この句にみられる激情は、一笑の死を知った驚き、死を悼む深い悲しみ、さらに一笑の才能を惜しむ気持ちの表われであろう。曾良は「玉よそふ墓のかざしや竹の露」という句を詠み、一笑を悼《いた》んでいる。

「秋涼し」の句は即興的に、主人へのあいさつの気持ちを詠む。詞書の「草庵」は世捨て人の住まい、「瓜茄子」はウリやナスビという精進の食べ物として、釈教（仏教に関係のある題材を詠んだ句）の道具立てであり、「塚も動け」の句の追悼の気持ちが和らいでいる。

「あかあかと」の句は夕日を顔に受けながら、うら寂しい夜風が吹く中を、発想を、旅愁を胸に抱き、とぼとぼと歩いて行く旅人の思いを自然に詠みながら描き出した句である。この句は金沢から小松への途中吟だが、越後路から越中路にかけての発想を結晶させた。

「しほらしき」の句は小松という地名にちなんだ句で、小松の人々へのあいさつの意が込められている。小松という地名に対する興味と、小松を吹きわたる風がハギやススキも吹きなびかせていて、旅人芭蕉の心が慰められているということで詠まれた句である。

「塚も動け」という句の悲しみから抜け出し、当地の地名を言祝《ことほ》ぐめでたさに至っている。『奥の細道』で知友の死を悲しむ記述は「金沢」の条だけであり、一笑の死の痛手から立ち直る芭蕉の様子を、句を通して知ることができる。

□芭蕉が訪れた金沢の人口は

七月十五日、芭蕉が着いた金沢は『国華万葉記』に「金沢之城、加賀宰相綱紀《さいしょうつなのり》、正四位宰相、御知行百二万二千七百石」とある、加賀藩五代藩主前田綱紀百二万石の北陸一の城下町。『三州志』（富田景周著、一八八五年刊）によれば、一六九一（元禄四）年の全戸数は一万三千六百十軒だというから、人口は五万人ぐらいだと思われる。元禄十年の全戸数は一万二千八十五軒で金沢は江戸期の代表的都市であった。

『前田綱紀』（若林喜三郎著、一九六一年刊）によれば、一七二一（享保六）年、加賀金沢家中の合計は六万七千三百二人とある。当時の全国人口は二千万人足らずであったというから百二万石の金沢は江戸、大坂、京都、尾張と並び五指の一つに違いなかったであろう。一八七二（明治五）年、金沢の人口は九万七千六百九十四人（『明治大正国勢総覧』）。国内屈指の大都市だった金沢。芭蕉が訪れた当時の加賀藩主前田綱紀が文化政策にも力を入れ、日本一の文化藩だったことも大きいのではないだろうか。

□芭蕉の金沢来訪の影響は

金沢は名古屋・大津と違い、江戸、京都、大坂、あるいは郷土の伊賀上野への往復路の道筋から外れているため、芭蕉の来訪は一六八九（元禄二）年の一度きりである。後に金沢の俳人句空《くくう》、北枝《ほくし》、牧童《ぼくどう》、小春《しょうしゅん》宛に書かれた芭蕉の手紙六、七通を読むと、相互理解と尊敬の念が感じられ、とても一回対面しただけとは思えない。北枝は芭蕉の北陸の旅の途中で入門。金沢滞在から山中温泉を経て越前松岡（現吉田郡永平寺町松岡）に至るまで同行し、親しく教えを受けているが、これも行脚中、他では見られない光景だ。その後、加賀俳壇の俳書出版が頻繁《ひんぱん》になった。

□京や吉兵衛の宿はどこにあったのか

『曾良旅日記』の七月十五日の項には「未《ひつじ》ノ中刻、金沢ニ着。京や吉兵衛ニ宿かり、竹雀・一笑へ通ズ」とある。しかし「京や吉兵衛」の宿については所在地が曖昧である。『加能俳諧史』には「京屋の一族には酒造を業とするものあり、金沢の北端に近い浅野川下流の中島町あたりに居住したらしい」と書いてある。「京や」は浅野川下流の小橋付近にあったと思われてきた。京屋なる酒屋京谷酒造店（京町）は現在も浅野川下流の中島橋右岸にあるが、六代目の京谷寿利は「当京屋は元禄当時、観音町付近に在った」と語っている。

江戸期には北陸道を北から来て、浅野川大橋を渡り、城下へ入る手前の街道筋を森下《もりもと》町といい、森下町の東裏通りを観音町、四丁町といった。『金沢町絵図』＝一八一一（文化八）年＝を見ると、観音町、四丁町に「京屋弥一郎」「京や佐兵衛」「京屋儀左衛門」など数軒の「京や」が存在していた。

また、森下町通りの西側にも「京屋次郎助」「京屋五兵衛」「京屋市十郎」など六軒並んだ区画があり、裏でつながっていたようで、造り酒屋と宿屋を兼ねる広さであった。芭蕉が投宿したのは森下町通りにあった「京や」の内の一軒だったのであろう。

□『曾良旅日記』による七月十六日の様子は

『曾良旅日記』には「快晴。巳《み》ノ刻、駕籠ヲ遣《つかわ》シテヨリ、迎、川原町宮竹や喜左衛門方へ移ル。段々各《おのおの》来ル。謁《えつ》ス。」とある。十六日、快晴。午前九時半ごろに宮竹屋喜左衛門（竹雀《ちくじゃく》）からの迎えの駕籠《かご》が来た。二人（芭蕉と曾良）は浅野川大橋を渡り、堤町、南町、石浦町、片町を通り、川南町の旅籠宮竹屋に入った。宮竹屋の向かいに亡くなった一笑（茶屋新七）の葉茶屋があった。宮竹屋に落ち着くと、金沢の俳人たちが次々と訪ねてきた。芭蕉は一人一人面会している。いつもの曾良なら来訪者の名を記しただろうが、「忘備録（メモ帳）」に記していない。

□宮竹屋喜左衛門（分家）の家はどこにあったのか

宮竹屋喜左衛門（分家）の家は大店《おおだな》が並ぶ川南町（現片町二丁目、犀川《さいがわ》大橋近く）にあった。川南町（川原町は曾良の誤り）は片町から犀川大橋までの町筋で『加賀藩御定書』には片町の長さを「一町十八間二尺（約百四十二メートル）」と記している。『稿本金沢市史』（市街編）の「元禄期金沢本町家数」を見ると「河南町三十二軒、片町五十二軒」とあり、町にはこれといった特色はないが、銭兼小間物商、魚商、材木商、酒造業など、業種は分散していた。完全な商人の町であり、片町同様、下級武士、下層町人の居住がない。

「芭蕉の辻」の碑

□宮竹屋喜左衛門の職業は

宮竹屋は旅籠、手判問屋（関所の通行証を与える店）のほか、本陣も務めていたという。主人喜左衛門は亀田竹富（俳号・竹雀）で出身地は加賀能美郡宮竹村。宮竹屋は天正期（一五七三〜九二）に金沢尾坂下にあり、寛永八（一六三一）年に川南町に移転した。照円寺門徒宮竹屋は間口が二十二間を超える大きさで、文化年間（一八〇四〜一八）に描かれた『金沢城下図屛風《びょうぶ》』には、宮竹屋が広大な間口を持つ造り酒屋として描かれている。享和二（一八〇二）年から明治三（一八七〇）年までに計六十八年間、町年寄（家柄町人）を務めた。

□石標「芭蕉の辻」の由来は

金沢市片町のスクランブル交差点の一角に石標「芭蕉の

辻」が立っている。この近くに芭蕉が一六八九（元禄二）年七月十六日から二十四日朝まで逗留《とうりゅう》した宮竹屋があったことから、金沢に来た芭蕉の足跡を後世に残すため、一九七八（昭和五十三）年三月八日、金沢市芭蕉遺跡保存会が建立した。高さ六十《セン》チ、幅二十一《セン》チ。正面に「芭蕉の辻」、正面に向かって左側側面に「元禄二年初秋――蕉翁奥の細道途次遺蹟」、右側側面に「昭和五十三年三月――芭蕉遺跡保存会」、裏面に「ばしょうのつじ」などとある。

□芭蕉歓迎の宴は

七月十六日夜、芭蕉、曾良の宿泊先の旅籠宮竹屋で「芭蕉歓迎の宴」が盛大に開かれた。金沢には俳人が多く、芭蕉も有名だったため、北枝、牧童、雲口、一泉、一水らが次々に宮竹屋に集まった。竹雀（宮竹屋の主人で芭蕉の弟子。通称宮竹屋喜左衛門。小春の前号か）は芭蕉の来宿を光栄に思い、山海の珍味を集めて歓待した。芭蕉は宴の後、謝辞を述べ「今夜は大変ごちそうになりました。この次の集まりには食事の心配はなさらないでください。飢えをしのぐことができれば、それで結構です。どうか特別な献立にはなさらないように」と言った。

闌更《らんこう》編『俳諧世説』（一七八五年刊）には「大名の御成りの席のようであって、風雅の趣はない。もし重ねて我れと交りを結ばんと思ひ給はば、食事の煩ひを、ひたすらはぶきたまひ、もし飢えば我れより乞ひなん。かへすがへす此の旨をよく守りて、只風雅のさびを重んじ給ふべし」と記されている。

芭蕉へのごちそう攻めの中身は明らかではない。室生犀星は『芭蕉襍記《ざつき》』（一九四二年刊）の中で

「鴨の焼物や犀川の鮎、卯辰山《うたつやま》の柴茸やあぶら鮴《ごり》のお汁、河豚《ふぐ》の塩漬けや胡桃《くるみ》の煮付けなど」と想像している。

□『曾良旅日記』による七月十七日の様子は

『曾良旅日記』によると「十七日　快晴。翁、源意庵へ遊《あそぶ》。予、病気故不随《ゆえしたがわず》。今夜、丑ノ比ヨリ雨強降《つよくふり》テ、暁止《あかつきにやむ》。」とある。十七日も快晴。芭蕉は浅野川近くにあった北枝の源意庵へ招待された。源意庵は久保市乙剣宮《つるぎのみや》（下新町）の右隣と推定されている。曾良は病気のため、同行しなかった。文化年間に成美の弟子豊島由誓が筆録した『俳諧秋扇録《しゅうせんろく》』に「立意庵において秋の納涼」として記される芭蕉の「赤々と日はつれなくも秋の風」以下、小春、此道、雲口、一水、北枝の発句はこの時に吟じられた。

「立意庵」は「玄意庵」の誤記。北枝の通称が源四郎であったから、その庵が「源意庵」、さらには「玄意庵」になったのであろう。『俳諧秋扇録』には「巳文月十七日」とした「人々の涼ミにのこるあつさかな　曾良」も併せて記されているが、曾良は句のみを届けたとい

北枝像（『俳諧百一集』）

う。その夜は午前二時ごろから強い雨が降って、明け方まで続いた。「あかあかと」の句の詠まれた場所については金沢から小松までの途中（『奥の細道』）など諸説あり、「あかあかと」の句を書いた懐紙をはじめ、自画賛も多く残されている。

□如柳と北枝の逸話とは

俳人如柳は金沢・春日町の酒造業館屋長右衛門で、松裏庵と号す。如柳の隣に北枝が移り住んだ。北枝は大変な酒好きで酔っぱらって如柳家のいろり端で寝ることがしばしばあった。北枝の身を案じた如柳らは禁酒させることにしていた。ところが、ある日、北枝が訪れて「ぬかみそを食わせろ」と要求。応対した使用人は「また酒か」と勘違いして断った。怒った北枝は語気を荒げ「それならその代償に酒を飲ませろ」とくってかかる始末。奥座敷で顛末を聞いていた如柳も「それほどまでに酒がほしいなら」と許したという（『俳諧世説』）。如柳は一七一〇（宝永七）年十月十七日没。

□『曾良旅日記』による七月十八、十九日の様子は

十八日、十九日とも快晴。『曾良旅日記』には「十八日　快晴。十九日　快晴。各來《おのおのきたる》。」と記しているだけである。十八、十九両日はどこにも出掛けた様子がない。十九日は「各来」とあるところを見ると、宮竹屋を訪れた俳人たちと歓談していたようだ。俳席が設けられ「翁を一夜とどめて」と前書きした小春の発句に始まる歌仙が巻かれた。車大編『夢のあと』（一七九七年刊）に小春、芭蕉、

曾良、北枝の四句までが収載されている。芭蕉は宮竹屋に九日間宿泊しているのに「翁を一夜とどめて」という題はおかしい。

□『曾良旅日記』による七月二十日の様子は

『曾良旅日記』によると「二十日　快晴。庵ニテ一泉饗《もてなす》。俳、一折《ひとおり》有テ、夕方、野畑ニ遊。帰テ、夜食出テ散ズ。子《ね》ノ刻ニ成。」とある。二十日も快晴。曾良と芭蕉は俳人斎藤一泉（元加賀藩士で、当時隠居）に招待されて、犀川の畔にある松源庵（松玄庵、少玄庵、松幻庵とも書く）を訪れた。芭蕉らは旬《しゅん》の瓜と茄子という野趣に富み、心のこもった一泉のもてなしを受けた。芭蕉がこの情景を即興で詠んだのが「残暑暫《しばし》手毎《てごと》に料《れう》れ瓜茄子」の句である。

「残暑暫《しばし》」の発句に半歌仙（十八句）を巻いている。連衆（参会者）は一泉、左任、ノ松、竹意、語子、雲口、乙州、如柳、北枝、曾良、流志、浪生、それに芭蕉の十三人。この作品は曾良の『書留』に記されず、芭蕉真筆が小春の子孫に伝えられて一七六三（宝暦十三）年、芭蕉七十回忌に闌更が編集した『花の故事《ふるごと》』に掲載されている。松源庵は犀川大橋から蛤坂《はまぐりざか》を入った左側、常徳寺（寺町五丁目）の北側にあったとされる（『芭蕉金沢に於ける十日間』）。ただ、これが一泉宅とはにわかに断定できないであろう。

松源庵はもともと国泰寺の塔頭《たっちゅう》だったらしいからである。一泉は庵主だったから席を借りて芭蕉を招待した可能性もある。二〇〇〇年までは松源庵は犀川の岸辺、清川町の地蔵尊付近にあった、と言い伝えられてきた。

二十日午後、金沢の俳人たちは芭蕉を野端山（野田山）に案内した。そこには大きな松や杉が茂り、人影もなくひっそりとした所で、人々は閑静な風趣を楽しんだ。北枝も芭蕉のお供をして「翁にぞ蚊帳つり草を習ひけり　北枝」という句を残した。この句は師弟相睦む情景を描いている。

再び松源庵に戻ってから夜食が出て、散会したのは子《ね》の刻（午前零時）になっていた。松源庵での句会は「翁曰《いわ》く、席もはや闌《たけなわ》なれば、人々の腹空しかるべく、冷めしあらば鉢ながら出さるべし。（中略）皆々近う円座し給へとて、茶漬一二椀さらさら打ちしたため、風雅斯《し》くこそあらまほしけれ、すべて酒食の奢りに隙を費して、俳諧の味を忘るるは、遊里・戯場の物すきにして風雅の席に無下なり」（『俳諧一葉集』）と記されている。前日も宮竹屋で山海の珍味でもてなし、ぜいたくを嫌う芭蕉に戒められたものと思われる。

□松源庵での半歌仙連衆の俳人たちとはだれか

①一泉《いっせん》の姓は高山氏（『稲莚《いなむしろ》』では斎藤氏）。加賀藩の武士で、松源庵は犀川のほとりにあったという。
②左任《さにん》は不詳。
③ノ松は一七三六（享保二十一）年四月十日没。一笑の追善集『西の雲』を編む。
④竹意《ちくい》は不詳。七月二十四日金沢から小松まで芭蕉、曾良、北枝と同道し、旅籠屋を紹介しているから小松出身かもしれない。

⑤語子《ごし》は不詳。

⑥雲口《うんこう》の姓は小野氏。安江木町で材木商、酒屋をしていたともいわれ、七月十七日の源意庵亭に参加している。

⑦如柳《じょりゅう》は北枝編『卯辰集』（一六九一年刊）に四句入集。北枝の庇護《ひご》者。一七一〇（宝永七）年没。

⑧浪生は不詳。

⑨乙州《おとくに》は近江国大津の人。本名、河合（川井とも）又七。大津の荷問屋・伝馬役佐右衛門の妻智月の弟で、のち養嗣子となり、家業を継いで加賀藩の伝馬役（逓送）として勤めていた。加賀藩主御用でたびたび金沢に足を運んでいたし、伯母（義父佐右衛門の姉）の夫である原田寅直が金沢の名士で俳諧を楽しんでいたから、金沢の俳人とは親交が深かった。尚白が『孤松』を編むとき、金沢の俳人たちを紹介したらしい。一六八九（元禄二）年七月、家業で金沢滞在中、『奥の細道』旅中の芭蕉と巡り合い、二十四日、町はずれまで見送っている。

⑩流志《りゅうし》は伝不詳。金沢の俳人。尚白編『孤松』（一六八七年刊）に十七句入集。『稲筵』に一句入集。一六九二（元禄五）年刊の句空撰『北の山』には「亡人」とあるから一六九一年没という。

⑪北枝は生年不祥。一七一八（享保三）年五月没。姓は立花氏。通称研屋《とぎや》源四郎。加賀国小松に生まれ、兄牧童とともに刀研ぎを業とした。元禄二年七月、蕉門入り。芭蕉の金沢滞在時から越前国松岡まで随行し、途中、山中温泉で曾良餞別の三吟歌仙「馬かりて」を巻いた。編著は『山中問答』『楚常手向草《そじょうたむけぐさ》』ほか。

⑫曾良は一六四九（慶安二）年生まれ。一七一〇（宝永七）年五月没。本名は岩波庄右衛門正字《まさたか》。信濃国上諏訪の人。芭蕉にとって、温厚篤実な曾良は優れた秘書だった。三十代半ばまでは伊勢長島藩に仕えたが、江戸に出て、芭蕉に俳諧を学んだ。芭蕉庵近くに住んで、師の日常生活の世話もした。『奥の細道』の旅ではコースの下調べ、資料収集、旅費の会計などを担当し、丹念な記録『曾良旅日記』を書き残した。この日記によって、事実の記録と思われていた『奥の細道』に、少なからぬ創作が入っていたことが判明した。

□北枝筆「翁にぞ」自画賛は

「翁にぞ」自画賛掛け軸（縦六五・二センチ、横一八センチ）は「野田山のふもとを伴ひありきて　翁にぞ蚊屋つり草を習ひける　北枝」という句とカヤツリグサの絵が描かれている。

『曾良旅日記』によると、芭蕉らが北枝の案内で野畑で遊んだ七月二十日の作。野畑は野田山のことを指している。「翁にぞ」の句は「金沢の野田山のふもとを翁の伴をして歩いていて、カヤツリグサを習ったことだった」との意。季語は「蚊屋つり草」で秋。わかりやすい表現で、芭蕉との思い出の一日を詠んだものであろう。

□『曾良旅日記』による七月二十一日の様子は

『曾良旅日記』によると「二十一日　快晴。高徹ニ逢《あひ》、薬ヲ乞《こふ》。翁ハ北枝・一水同道ニテ寺ニ遊《あそぶ》。

□十徳二ツ。十六四。」とある。二十一日、快晴。昨日無理をしたせいか曾良の体調は思わしくなく、町医者の高徹に会って薬をもらった。芭蕉は迎えに来た北枝、一水と一緒に寺で遊んだ。その寺

「散る柳」の芭蕉碑（宝泉寺境内）

は鶴屋句空のいる金沢卯辰山麓の金剛寺境内の柳陰庵（柳陰軒）だったろうといわれている。今の宝泉寺（金沢市子来町）の境内近辺で、俳諧の話に花を咲かせた。芭蕉は心から温かく迎えてくれた句空の真心に心を打たれた。

　夕方近く、近所の寺から聞こえる鐘の音を聞いて、芭蕉は「散る柳あるじも我も鐘を聞く」と詠んだと伝えられている。最近、「寺」とは高巌寺《こうがんじ》（芳斉町二）で、その塔頭《たっちゅう》の一草庵に遊んだのではないか、との説がある。この日「□十徳二ツ」とあるが、十徳は道行羽織のような衣服。芭蕉と曾良の十徳二着の代金（約十万円相当）を意味しているのではないか。翌二十二日、願念寺での丿松主催の一笑追善会が行われるため、十徳を新調したのだろう。「十六四」は「十六匹」（四百文）の誤記。

□『曾良旅日記』による七月二十二日の様子は

『曾良旅日記』によると「二十二日　快晴。高徹見廻《みまう》。亦、薬請《うく》。此日、一笑追善会、於□□寺興行。各《おのおの》朝飯後ヨリ集《あつまる》。予、病気故、未《ひつじ》ノ刻ヨリ行《ゆき》、暮過《くれすぎ》、各ニ先達《さきだって》而帰《かへる》。亭主ノ松《べっしょう》。」とある。

二十二日、快晴が続く。曾良の身体の調子が思わしくなく、医師の高徹（服部元好、真言宗養智院にゆかりの者か）が見舞いに来た際に曾良は再度薬をもらった。今日は芭蕉の金沢来訪を機に一笑の追善会が興行される。

一笑の追善会は一笑の兄、ノ松が亭主となって願念寺（野町）で厳修された。曾良は寺名を失念したのか『曾良旅日記』では空白に。参会者は朝食後から集まり、芭蕉は小春と出かけた。病気の曾良は未の刻（午後二時すぎ）に行き、暮れすぎに皆より早く宮竹屋に戻った。曾良の『俳諧書留』には「一笑追善　塚もうごけ我泣声は秋の風　翁　玉よそふ墓のかざしや竹の露　曾良」とあるだけだが、一笑追善撰集『西の雲』には芭蕉、曾良、句空、秋之坊、流志、北枝、友琴、何処、三十六、牧童、一風、小春、魚素、

一笑塚（願念寺）

雲口、李東ら二十八人の句が載っている。

□一笑の臨終句は

一笑の臨終の句は「心から雪うつくしや西の雲」。追善会の二年後に実兄のノ松が追善撰集『西の雲』を刊行し、序文に「行年三十六。元禄初辰霜月六日かしけたる沙草の塚に身は、先立ちて消えぬ。明くる年の秋、風羅の翁行脚の際に訪ひ来ます。あはれ年月我を待ちしなん。生きて世にいまさば、越の月をも共に見ばやとは、何おもひけんと、泣く泣く墓に詣で、追善の句をなし、回向の袖しぼり給へり」と、芭蕉が一笑の死を悲しんだ逸話を書いた。『西の雲』の上巻には、芭蕉来訪を機に、ノ松が弟の一笑の追善会を催した折の追悼歌仙三巻と表の九十五句を収録している。

□『曾良旅日記』による七月二十三日の様子は

『曾良旅日記』によると「二十三日快晴。翁ハ雲口主《あるじ》ニテ宮ノ越ニ遊。予、病気故不行《ゆかず》。江戸ヘノ状認《したたむ》。鯉市・田平・川源等ヘ也。高徹ヨリ薬請《うく》。以上六貼《ろくちょう》也。今宵、牧童・紅爾等願滞留《たいりゅうをねがう》。」とある。

二十三日、快晴。芭蕉は雲口の招待で宮ノ越（宮ノ腰）に遊んだ。連歌師宗祇《そうぎ》が宮ノ越で和歌を詠んでいる。宮ノ越の閏之亭で翁の「小鯛さす」の句に名なし（脇の作者）・小春・雲江（雲口）・北枝・牧童の表六句（『金蘭集』）の興行がなされた。

曾良はこの日も体調がおもわしくなく、宮竹屋に残り、江戸の鯉市（杉山杉風《さんぷう》）田平（田中平丞《へいじょう》）川源（川合源右衛門）に手紙を書いた。藩士の誰かが江戸に行くことになり、手紙を預けたのだろう。杉山杉風は幕府や藩関係の魚商で蕉門十哲の一人。田中平丞は田中式如《のりゆき》ともいい、加賀藩の国学者田中宗得の養子で、当時江戸で神道家吉川惟足《これたる》に学ぶ。川合源右衛門は伊勢国長島藩士。曾良は高徹医師から薬を六貼《ろくちょう》もらう。晩になって、金沢最後の晩なので、牧童をはじめ、紅爾《こうじ》らが一緒に泊まって一緒に行きたいと願ったことであろう。

□元禄二、三年ごろの金沢小話とは

金沢は一六三五（寛永十二）年から一八五九（安政六）年までの二百二十四年間で大火が五十二回あったとの記録がある。俳人牧童、北枝兄弟が最初に被災した一六九〇（元禄三）年の大火は竪町《たてまち》高橋茂兵衛と左近橋の西堀宗叔両家から三月十六、七日ごろに出火し、北の町大樋《おおひ》まで延焼。十八日夕、ようやく鎮火した。七千三百五十九軒の家屋が焼失、馬五十六頭が焼死したという。その前年の七月十六日午前八時半、芭蕉が宮竹屋でくつろいでいたころ、卯辰山では崖崩れがあり、浅野川の真ん中に長さ三十《メートル》、幅二十《メートル》の島を築き、三人が圧死した。

一六八九（元禄二）年七月、芭蕉と曾良が金沢を訪れたころ、総構門には門番が立ち、浅野川や犀川などの橋には橋番がいて、挙動不審者を厳重に監視していた。俳聖芭蕉といえども、江戸から来た二人連れの男としか見られなかったかもしれない。当時は隠密が横行していた時代でもあり、芭蕉としても百万石の金沢城下については意識的に『奥の細道』に取り上げなかったのではないか。当時の総構門は東側が橋場町（枯木橋付近）一カ所、西側が香林坊と安江町の二カ所にあった。翌年十月に綱紀は利常三十三回忌法要を宝円寺で厳修した。

□なぜ芭蕉は大野湊神社に参拝したのか

七月二十三日、芭蕉は室町時代の連歌師で俳諧作者の飯尾宗祇（一四二一〜一五〇二）が参拝した大野湊神社（寺中町）を詣でた。大野湊神社は武将の尊崇篤く、一一八七（文治三）年、奥州に落ちる義経一行が一夜泊りし、武運祈念の甲冑《かっちゅう》を奉納し、遅咲きの川越桜を残したと伝わる。宗祇は越後の上杉一族に古典講釈をするため、京都から下向。その折に大野湊神社へ参り「旅人のみやのこしけん遅桜」の句を残している。芭蕉が宗祇と大野湊神社の関係の深さを知っていたことが、参拝の一つの理由であろう。

□「小鯛さす」の句は宮ノ越で詠んだのか

七月二十三日、芭蕉らは宮ノ越（現金沢市金石）へ行き、六吟連句（『金蘭集』）を興行。芭蕉は「西浜にて　小鯛さす柳涼《すず》しや海士が妻」と詠んだ。「漁師の妻が獲れたての小鯛を柳の枝に刺しているが、柳の青葉を見ていると、いかにも涼しげである」との意。季語は「涼《すず》し」で夏。西浜については諸説あるが曾良の『俳諧書留』では越後と金沢の間と記される。芭蕉は西浜で詠んだ句を宮ノ越であいさつ句として示した。「真蹟懐紙」の下五「海士が家」は後案らしく、この場合、柳の木陰で小鯛を枝に刺す作業をしたとも解される。

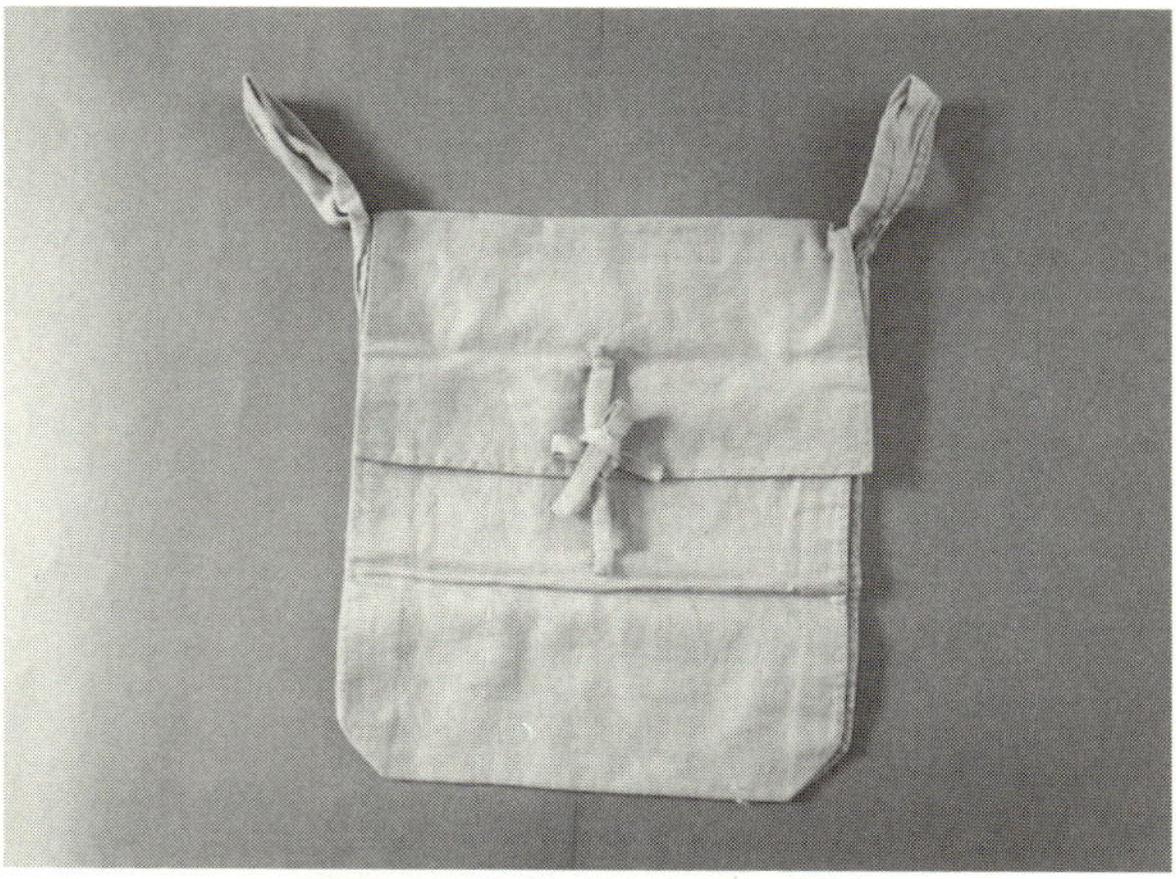

芭蕉の頭陀袋（村松七九所蔵）

□金沢で発見された頭陀袋とは

遠藤曰人《わつじん》の俳諧伝記『蕉門諸生全伝』に「金沢片町、宮竹屋伊右衛門薬店、翁真筆が多く所持す。翁の木綿居士衣《こじい》同じく頭陀袋、眉山《びざん》（中山氏）に得たり。今其家に在す」とある。一九七七（昭和五十二）年五月、金沢市の旧家、村松七九＝尾張町＝の土蔵に芭蕉が『奥の細道』で持ち歩いた頭陀袋が見つかったと筆者は聞き、拝観した。頭陀袋は黄ばんでいた上に薄汚れたねずみ色で、大きさは縦三十一センチ、横二十六センチ、厚さ五センチの質素な麻袋。上にふたが付き、両肩に負いひもを通す耳もあった。

頭陀袋は粗末な衣食に耐えて仏道修行の行脚をした僧がかけたのがはじめとされる。俳人が旅をする際には、頭陀袋を用いた。譲り状で伊右衛門（俳号小春）が「長旅で汚れた芭蕉の頭陀袋を作って贈り、その代わりに古いほうを譲り受けたもの」と梅田年風（加賀藩絵師、俳人）あてに書いてあり、芭蕉の遺品に間違いない。年風―小春の曾孫亀田鶴山（一七六七～一八三四）―中山眉山―梅田年風―梅田九栄（四世）と伝わった頭陀袋は一八九三（明治二十六）年に島林甫立の手に渡った。その時の領収書に「一、金拾五円也」と書いてある。

□金沢市内の芭蕉句碑は

①願念寺（野町一）の「つかもうごけ我が泣声は秋の風」句碑。高さ百三十一㌢、幅三十六㌢、奥行き十六㌢。門前左手に「芭蕉翁来訪地小杉一笑墓所」の前書きがある。一九五六（昭和三十一）年三月、郷土史家殿田良作らの調査で、願念寺が一笑の菩提《ぼだい》寺とわかり、一九六七年八月に建立された。

②長久寺（寺町五）の「秋涼し手ごとにむけや瓜茄子」句碑。高さ九十二㌢、幅五十八㌢、奥行き三十㌢。「ある草庵にいざなはれて」と前書きがある。碑の裏面には「昭和六十三年九月十八日、結社『雪垣』によって建立」とある。

③兼六園の「あかあかと日はつれなくも秋の風」句碑。山崎山の一隅に立つ。高さ百三十三㌢、幅六十七㌢、奥行き三十九㌢。一八四六（弘化三）年、後藤雪袋が卯辰山の麓に建立した碑を一八八三（明治十六）年に移設。揮毫《きごう》は俳人桜井梅室。

④犀川畔（清川町蛤坂下）の「あかあかと日はつれなくも秋の風」句碑。高さ百二十六㌢、幅六十五㌢、奥行き五十四㌢。一九五八（昭和三十三）年、犀川振興会が建立。揮毫は俳人小松砂丘。

「あかあかと」の芭蕉の碑（兼六園）

⑤本長寺（野町一）の「春もややけしき調ふ月と梅」句碑。一九八二年建立。揮毫は俳人黒田桜の園。

⑥成学寺（野町一）「あかあかと日はつれなくも秋の風」句碑。高さ百十六センチ、幅五十一センチ、奥行き四十九センチ。正面に「蕉翁墳」、左側面に「秋の風」が中央になるよう縦三行で刻まれているほか、「宝暦五乙亥（一七五五）秋金沢麦水連中建之」の文字もみえる。『諸国翁墳記《しょこくおきなづかのき》』に「秋日塚加州金沢にあり、麦水建云々」とあるのはこの句碑のことである。

⑦本龍寺（金石西三）「小鯛さす柳すずしや海士が軒」句碑。高さ九十センチぐらいのずんぐりした自然石に句が刻まれ、裏面には「己丑六月　三夜亭蔵月明」との文字がある。

⑧野蛟《のづち》神社（神谷内町）「うらやましうき世の北の山ざくら」句碑。石柱で高さ八十五センチ、横二百四十五センチ、奥行き八十五センチの台座をつくり、その上にずんぐりした戸室石と戸室石を挟む二本の御影石の角柱がある。戸室石中央には「芭蕉」と大きく刻まれ、句は左右に配置されている。一七六三（宝暦十三）

年、闌更が芭蕉七十回忌を営んだ折に建立した。揮毫《きごう》は高桑闌更。
⑨宝泉寺（子来町）「柳陰軒趾　ちる柳あるじも我も鐘をきく」句碑。高さ七十《チセン》、幅四十《チセン》はどの自然石に句を刻む。宝泉寺の近くに句空が住んだ。
⑩上野八幡神社（小立野二）「山寒し心の底や水の月」句碑。木立の中、積み上げられた石の上に高さ八十《チセン》ほどの碑がある。一七八九（寛政元）年以前に建立されたと思われる。副碑には「此の地宝幢寺に山寒してふ翁の句碑ありし　いつの頃にか失ひつるを我輩発起してここに築事となりぬ　明治十六年十一月中旬」とある。
⑪田井菅原神社（天神町一）「風流のはじめや奥の田うへ唄」句碑。左面に、「一八八八（明治二十一）年三月下旬建立」とある。口承では小立野の宝幢寺境内にあったものを田井菅原神社に移した。句は『奥の細道』の「須賀川」で詠む。

□高校生からの質問―「金沢」の条―

質問（以下Q）「塚も動け我泣声は秋の風」の句から芭蕉の人柄を考えて！

解答（以下A）初五「塚も動け」の字余りに、すでに芭蕉のほとばしる悲痛な叫びが感じられる。体言止めで、その激情を受け止めていて、一笑の死を嘆き悼む心にあふれている。従って亡き人を悼む真心が厚く、その思いを素直に言い表している。

Q「それが旅宿をともにす」の「それ」は何をさすか？

A　何処《かしょ》という人をさす。

Q　「この道にすける名」のこの道とは何か?

A　俳諧の道。

Q　「秋涼し手毎にむけや瓜茄子」の句の「むけや」を「むかん」に変えて比較してください。

A　「むけや」は命令、「むかん」は自分の気持ち（意思）を表わすが、意味の上からいえば「さあむきましょう」という感じで、結局同じことになる。しかし、「むけや」の方が親しみが感じられる。

Q　「塚も動け」「秋涼し」は爽涼、「あかあかと」「しほらしき」の四句の詩情に適する語を次の中から選択してください。　哀愁、悲痛、可憐、爽涼。

A　「塚も動け」は悲痛、「秋涼し」は爽涼、「あかあかと」は哀愁、「しほらしき」は可憐。

☆金沢から小松

□『曾良旅日記』による七月二十四日の様子は

七月二十四日、その日は快晴。竹意と北枝、それに芭蕉と曾良の四人は金沢を出発する。『曾良旅日記』によると「二十四日　快晴。金沢ヲ立。小春・牧童・乙州《おとくに》、町ハヅレ迄送ル。餅・酒等持参。」とある。餅や酒を持参して小春（亀田家三男で、長兄勝則の養子となり、一六八六年に勝則が薬種商を隠居したので、薬舗の伊右衛門家を嗣ぐ）・牧童（北枝の兄、加賀藩御用の刀研師）・乙州（近江大津の荷問屋）が城下上口の松門（現在の金沢市泉二丁目）付近まで見送った。

また、雲口・斎藤一泉（松源庵の主人）徳子《とくし》らが次の宿場、野々市《ののいち》まで見送った。野々市という地名は、広い野に市を立てたことに由来する（『郷村名義抄』）。富樫氏の守護所の膝元で、流通の中心地として栄え、江戸時代には城下町金沢に隣接する在郷町となった。宿場野々市の成立期は今のところ明らかで藩内が、金沢から上方へ向かう北陸道の一里余の距離にあるので前田氏の入城と同時に城下から一番近い宿場として整備されてきたと推測できる。一六八九（元禄二）年の戸数二百九十三戸。

□北陸道で狼が出たりするのか

松任から一里先に柏野宿（下柏野・荒屋柏野二村相替為駅）がある。芭蕉一行は柏野で休憩せず通過しただろう。一七六六（明和三）年、信濃の俳僧秋水《しゅうすい》は「柏野で旅寝する比《ころ》、はからず狼の荒出る事毎日毎夜其数をしらず。三里四方の人を幾らといふこともなくあやめて暫らく往来もふつつかければ、恐れて（『丙戌紀行《ひのえいぬ》』）と記している。狼は性質は荒く、群れをなして人畜を襲うこともある。三里四方ということは手取川一帯に猖獗《しょうけつ》を極めていたことになる。柏野宿周辺では、狼の出現で北陸道の交通が遮断されたという。

□野々市から小松までの距離は

『江戸金沢間道中図』（一八五八）によると、野々市（一里）、松任（一里）、柏野（一里）、水島（一里）、粟生（一里）、寺井（一里半）、小松（まで）とある。また『御飛脚伝馬賃金之定』には、荷物や人を乗せる馬の賃料が書かれていて、柏野から粟生まで五十五文（一文は現在の十五円程度）、粟生から小松まで六十八文とある。この賃料は人と荷物を載せる場合の乗掛である。藩政時代の粟生駅の問屋には「手取川舟越人夫」三十六人と「手取川渡し船」三艘が常備されていた。渡し船の代金は一人当たり銭二～五文で、荷物一つにつき銭五文だったとされる。

□芭蕉は「白山」をどのように呼称しているのか

芭蕉は「山中《やまなか》の温泉《いでゆ》に行《ゆく》ほど、白根《しらね》が嶽跡《だけ》にみなしてあゆむ」（「那谷寺」の条）と記す。小松から山中へ行く途中に白根が嶽が前方に見え、後方に見えることはない。芭蕉は富士山、立山と並ぶ日本三霊山の白山を「白根が嶽」と呼称している。白山は石川、岐阜、福井の三県にまたがり、最高峰の御前峰（二、七〇二メートル）と大汝峰、剣ケ峰の三峰を総称して白山と呼ぶ。年中雪があったのでこの名が付いた歌枕。和歌では「しら山」「こしのしらやま」と言いならわす。越中路以来敦賀まで、芭蕉の眼には「白根が嶽」が映っていたのであろう。

□芭蕉が訪れたころ松任《まつとう》町の戸数は

江戸時代の松任は、商工業の中心地として栄え、特に町内を貫流する東川、西川の流れを水車として利用した製油業をはじめ、同じくその水を利用した染色業、松任紬《つむぎ》、松任小倉などの綿織物、錦織物の生産が発展した。

七月二十四日、芭蕉が訪れた松任の戸数を明確に記した史料はない。寛永年間（一六二四〜四四）は戸数二百七十三軒、一六五六（明暦二）年は三百七十三軒、一六九〇（元禄三）年は五百二十八軒（『加賀藩史料』）、一七二〇（享保五）年は五百九十九軒、一七八五（天明五）年は八百七十三軒だった。

□俳書に見る松任俳壇は

松任は金沢、小松、宮腰についで俳句が盛んな土地だ。松任俳壇を諸俳書入集状況から断片的に見てみたい。

①『山下水』（一六七二）から『伊勢踊音頭集』（一六七四）までの松任俳壇。

この時期は貞門俳諧が中心であったが、談林俳諧への兆しがみられ、活動は伊勢、京都の撰集が中心。松任俳人の名が初めて出た俳書は梅盛編『山下水』で、加州松任の笠間宣之、良治の二人が加賀俳人四十七人の中に入って登場。次いで素閑編『伊勢踊音頭集』に信之（二句）、良治、清治、友治、友時、信正の六人が名を連ねている。

②『越路草』（一六七八）から『八束穂集《やつかほしゅう》』（一六八〇）までの松任俳壇。

この時期は貞門俳諧と談林俳諧がぶつかりながら共存する過渡期。リーダーは長谷川薫烟《くんえん》（夕風軒）である。『越路草』（卜琴編）に薫烟（五句）、高桑湖舟、園田友信の三人、『道ずれ草』（一六七八、梅盛編）には薫烟（十二句）、忠重（三句）、宣之の三人が入集している。また『富士石』（一六七九、調和編）に良治の句が見える。一六八〇年には友琴編の『白根草』が刊行され、貞門、談林の加賀俳壇の実情を世に知らしめた。

加越能における俳諧撰集『白根草』には薫烟（二十二句）、岡田幽為（二十六句）、湖舟（七句）、宣之（四句）、吉田嘯風、橋本一薫、信正、良治、園田為郷の九人の句が入集。同年の桂葉編『八束穂集』友信（四句）、薫烟の名が見える。

③『安楽音』（一六八一）から『加賀染』（同）までの松任俳壇。

この時期は題材、用語を自由にし、奇抜な着想を思い切った破調で表現する談林俳諧の最盛期である。似船編『安楽音』に薫烟（七句）、常矩編『俳諧雑巾』にも薫烟（二句）が入集している。

一平編『加賀染』上下二冊は加越能の俳人作品を集めた加賀版俳書で金沢上堤町の麸屋五郎兵衛が出版した。金沢地域（百三人）、宮腰地域（三十三人）、松任地域（十一人）の俳人が多い。松任地域の十一人は園田一舟（二十句）、薫烟（七句）、嘯風（八句）、湖舟（六句）、善之（二句）、為郷（二句）、岩上哥友、音山、知仙、花柚（十一歳）、信之。加えて松任近隣、一木村村井の水内郭也、水内郭舟の二人の句も『加賀染』に入集している。この俳書によって蕉風が加賀に浸透する以前の談林の句風を味わうことができる。

④芭蕉来遊と松任俳壇。

一六八四（貞享元）年ごろ、談林調から脱皮する動きが起こる。芭蕉は蕉風（正風）といわれる閑寂高雅な俳風を確立した『稲筵』（清風編、一六八五）や『孤松』（尚日編、一六八七）などに松任俳人が名を連ねる。『稲筵』に琴水（三句）、薫烟、友晴、祐慶、花盛、因風の六人が「加州松任」として句を入集している『孤松』には薫烟（三句）、花盛（二句）、因風の句が所収されている。一六八九（元禄二）年秋の芭蕉の『奥の細道』来遊は松任俳壇に大きな影響を与えた。

⑤『卯辰集《うたつしゅう》』（一六九一、北枝編）から『干網集《ほしあみ》』（一七〇四、句空編）までの松任俳壇。

この期間の加越能古俳書十三冊を調査すると松任俳壇からは薫烟（三十四句）、柳雫（十七句）、雨柳《うりゅう》（九句）、秋雫（五句）、窓雪（四句）、松風（四句）、柳葉（三句）、友交（三句）、西柳（二句）、長松（二句）、柳川（二句）、柳川姉（二句）、川石（二句）、可善（二句）、独之、千甫、艸風、一枝、花入、持宝、清五、彦三、一舟、北柯、春之の二十五人が句を入集している。松任俳壇の重鎮薫烟を中心に貞門、談林、蕉風にわたって永い俳歴を展開している。

□芭蕉の松任逸話とは

七月二十四日、金沢に十日間滞在した芭蕉は、城下上口の松門や野々市で金沢の俳人と別れを惜しむ。禄高千石の加賀藩士、生駒万子《いこまんし》は見送りに遅れたことを嘆き、裸馬に乗って芭蕉一行を追い掛けた。松任で追いつき、「お勤めの都合でお見送りができず、大変失礼しました」と丁寧に別れの言葉を述べ、選別に加賀白縞の袷《あわせ》と金子三両（今の三十万円相当か）を差し出した。しかし、芭蕉は「お志はありがたいが、それは私の身分に過ぎたものです。旅中に大金を持っていると盗賊のおそれもある」と言って断った。（『俳諧世説』）

建部涼莵《りょうと》が書いた『芭蕉翁頭陀物語』（一七五一年刊）にも万子が松任まで芭蕉を追っていったとの話を載せている。以下、その話を載せる。

「万子翁にまみゆ　翁北枝に留別

万子は金城に禄をはんで、弓矢の中に風雅を楽しむ。その比翁金城に頭陀をおろし、久しく北枝が徒に遊ぶ。けふは犀川を見かへりて小松のかたに赴くと聞、万子むちうって長亭を凌ぎ、漸松任の駅にして翁の杖をすがりとどめ、俳談夜をこめて別る。北枝はしばらく伴ひゆきて送別の涙を落とせば、翁もてる扇を出し、留別の吟を興ふ。よく人のしれる事也。」

□白山市周辺を詠んだ俳人の句は

①春波《しゅんぱ》（一六九四〜一七五六）京都の人。松任の人々と旅情をかたる「千瓜に並ぶ皺あり旅ころも」

②長久《ちょうきゅう》（?〜一七〇二）七尾の人。柏野「柏野や馬士沓かへて郭公」

③露川《ろせん》（一六六一〜一七四三）伊賀の人。柏野別離「引きはなす児手桶の暑さかな」

④燕説《えんぜつ》（一六七〇〜一七四三）尾張の人。「行々子水島かけてわかれけり」

⑤北枝《ほくし》（?〜一七一八）小松の人。手取川を渡る「海にそふ北に山なし稲百里」

⑥支考《しこう》（一六六五〜一七三一）美濃の人。手取川「昼かほやその夜もしらす手取川」

⑦涼袋（一六五九〜一七一七）伊勢の人。
「冷ましの水の心や手取川」

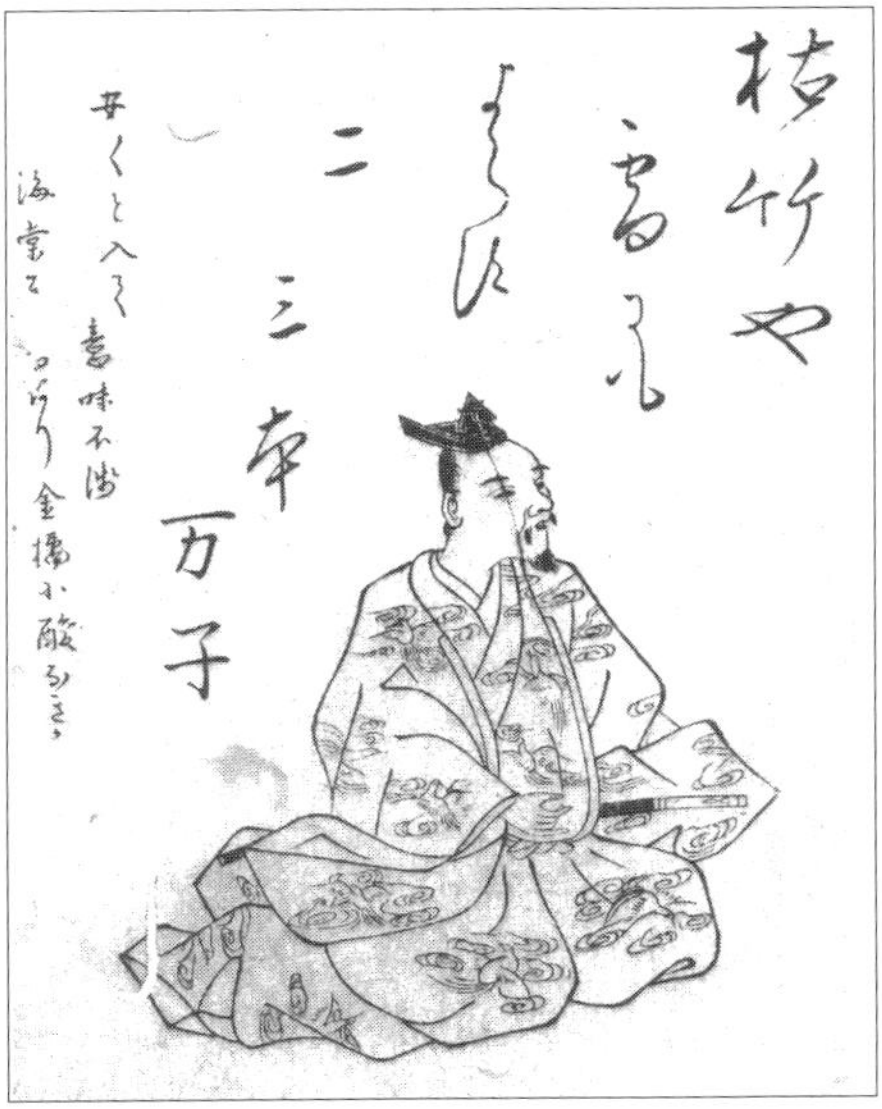

万子像（『俳諧百一集』）

□白山市内で詠んだ句空の句は

鶴屋句空《くくう》（?〜一七一二）は加賀蕉門の重鎮。一六八九（元禄二）年、来遊した芭蕉を迎えて入門した。金沢商家の生まれで、白山市内各地を歩く。句は、

①石立にて「石立や石みる計あきの海」（石立町）

②松任侍る比みたらしのセリ摘みに誘われて「松の風すみよし浜や稲ほし場」（竹松町）
③石川郡すみよしの社にて「住吉の浜風さむし遅桜」（竹松住吉神社）
④「下白山奥のよし野の桜哉」（吉野谷地域）
⑤やよひのはしめ白山に詣つ、降つみし雪もいつしか消て草々あをみわたり花もはしりはかちに小鳥ともも心よけにさへつる「鶯の笛を長吏やきかれけむ」
⑥石川郡松任の東八丁はかりに八幡宮あり、そのかみ富樫の被宮山上何某奇瑞の事ありて鎌倉の若宮を勧請の地なりとかや、此処のさくら盛のころことに堪へたり「黒ぼこに年々ふえて桜哉」（石同新町）
⑦名所雪「白山に降りかさねたる冬を見よ」
⑧しら山にまふててふもとの川にあそふ「鮎やらむ柴つみ舟をさしこす間」（鶴来）
⑨鶴来の俳人春江二十五歳で没して「なき人をおもへばつらし蚊帳の内」（鶴来）
句空は一六九一（元禄四）年秋、義仲寺の無名庵に芭蕉を訪ねている。編著『北の山』『柞原集《ははそはら》』『俳諧草庵集』『干網集』ほか。

□松任金剣宮の芭蕉句碑は

松任金剣宮（白山市西新町）境内に、一九八九（平成一）年の『奥の細道』三百年を記念して「手を打てば木魂《こだま》に明くる夏の月　芭蕉」の句碑が建てられている。この句は『嵯峨日記』（一六九一）に所収されている。「手を打つと、そのこだまのうちに夜は明け、空には夏の短夜の月が白く残っている」との意。季語は「夏の月」（夏）。「手を打てば」の意味については、何となく手をたたいてみたとする説と、早朝に神棚か日輪を拝む時のかしわ手とみる説の二つがある。この句の初案は「夏の夜や木魂に明くる下駄の音」である。

□白山比咩《しらやまひめ》神社の芭蕉句碑は

白山比咩神社境内に一九六五（昭和四十）年、芭蕉句碑「風薫る越の白根を国の華」が建立された。立て札によると「元禄二年奥の細道紀行の際詠まれたもので、まだ翁の在世中の元禄五年仲秋刊行された『柞原集』巻頭に載っている句」とある。芭蕉が『奥の細道』行脚で金沢に来たのは七月十五日（陽暦八月二十九日）で、加賀路で詠んだ「塚も動け我泣声は秋の風」「あかあかと日は難面もあきの風」の季語は「あきの風」（秋）なのに「風薫る越の白根を国の華」の句の季語は「風薫る」（夏）である。

ところが鶴や句空編『柞原集』（一六九二年刊）を見てみると「春なれや越の白根を国の花」が巻頭句となっていて、「此の句芭蕉翁一とせの夏越路行脚の時、五文字風かをると置てひそかに聞え侍るをおもひ出て、卒爾（突然）に五文字をあらたむ」と注を付してある。「華」は「花」に、「風薫る」は「春なれや」に変化している。加賀俳壇重鎮の句空が白山比咩神社への奉納句集『柞原集』編集にあたり、特に芭蕉に手紙で依頼し、巻頭句として戴いたのかもしれない。

□芭蕉金沢来遊のころの鶴来《つるぎ》の主要俳人は

芭蕉の『奥の細道』来遊のころ、鶴来の主要俳人は十三人である（『卯辰集』）。

①我山里に春をむかへて「春立つや山家に入りて袖の数　楚常《そじょう》」
②「寒しやと帰へる春野の風ぐもり　秋之坊《あきのぼう》」
③「白魚や海におし出すにごり水　梅雫《ばいてき》」
④「蛙子のおよぎ習ひし古江かな　雨柏《うはく》」
⑤「夕風やあいだを置きてちる桜　不中（鶴来女）」
⑥「かしましく桜いためそてらつつき　柳江《りゅうこう》」
⑦「小麦田に鳴くや狐の妻をなみ　疎松《そしょう》」
⑧「古畑や所々に麻のはな　李圃《りほ》」
⑨「つぶ足の跡のみ多し刈田原　何之《かし》」

の九人と甚子《じんし》、雨鹿《うろく》、跡松《せきしょう》、蘆水《ろすい》の四人である。

□鶴来の俳人楚常の素顔は

楚常（一六六三～八八）は加賀国鶴来の人。本名は金子吟市《ぎんいち》。神道を田中一閑《いっかん》（式如《のりゆき》）に学び、俳諧を生駒万子に師事。楚常は俳諧集を作ろうと句稿を収集していたが、芭蕉来遊の前年の七月二日に二十代半ばの若さで没した。遺稿をもとに北枝が増補し、刊行したのが『卯辰集』である。金劔宮表参道の近くに楚常の「人ありや窓の枇杷《びわ》喰ふ山鴉」句碑が一九三五（昭和十）年に建立された。「民家の窓の近くにあるビワの実をヤマガラスが食べているが、家人は家にいるのだろうか」との意。季語は「枇杷」（夏）。

翁塚（浄願寺境内）

□白山市美川の翁塚は現存しているか

芭蕉翁五十回忌にあたって、一七四三（寛保三）年、当時、美川南町にあったとされる世尊院前に翁塚が建てられた。その後、一八六八（明治元）年、浄願寺（美川南町）境内に移されて、今も現存している。塚の表には「芭蕉　曾良　北枝」、裏には「半百忌　撫《なで》てしる風雅の肌や帰り花　願主謹白　若椎《じゃくすい》　時寛保三　癸亥《みずのとい》霜月中三日」と刻まれている。藤塚神社には芭蕉筆「南無天満大自在天神」の句軸が残っているという（『美川町文化誌』）。また、小舞子海岸に芭蕉句碑「ぬれて行くや人もおかしき雨の萩」が建つ。

□本吉町に伝承する芭蕉の逸話は

七月二十四日、本吉（現在の白山市美川地域の一部）の俳人たちは、芭蕉を待ちわびていたが、芭蕉は来なかった。それで本吉の俳人たち二十三人が二十六日早朝、雨の中を木曾街道を通って、小松市泥町（現大川町）の歓生亭を訪ね、持参したお萩《はぎ》を献じ、半日、芭蕉と語らいして帰った。この際、芭蕉は「ぬれて行や人もおかしき雨の萩」と句を詠んだ。この逸話が伝承され、一九五八（昭和三十三）年八月十日、旧美川町俳句連盟が、小舞子海岸の公園に「ぬれて行くや人もおかしき雨の萩」の芭蕉句碑を建立した。

□北陸道の宿場柏野駅の様子は

一六六六（寛文六）年の記録によると宿方馬数が荒屋柏野村二十頭、下柏野村二十二頭と定められており（『加賀藩史料』）、柏野駅はこの二村で形成されていた。当初、柏野には荷物改所があり、「昼夜勤番して、通り切手を持っていないと堅く通行許さず」、しかも「小商簀の内、児女の持ち歩く小風呂敷の中まで改め、或は山中、山代行きの荷を改め、重の内までも細かく見て、米は袋入も通さず」（『寝覚《ねざめ》の蛍』）という状態で、通行人の苦労は大変だった。芭蕉ら一行は手取川の渡しを控えた宿場水島駅で昼食をとったであろう。

□手取川に関する書物の内容は

松任から荒屋柏野、下柏野、水島へ進み、手取川に至る。江戸期には中流域で分流する大河であった。芭蕉たちは、この辺に詳しい同行の北枝と竹意がいたから無事に川を渡った。

「水島　夏の水出《げ》る。ふしみまわり」（『江戸往来記』）、「松任の宿を過ぎて、柏野といふ上下の二村あり。夫《それ》より水島の宿、この先に手取川といふあり。若《も》し大水の時は湊の方へ廻りて行く。舟渡しあり。夫より粟生村といふを過ぎて寺井の宿なり。（中略）寺井より島田村を過ぎて小松に至る。」（『金草鞋《かねのわらじ》』）と手取川周辺について江戸期の書物は記している。

□手取川の様子は

田子島《たごじま》―粟生《あお》間を流れる手取川は、川幅五十メートル前後の川が二筋流れ、水量が少ない時は徒歩で渡った。増水になると川幅は三百メートルを超えた。芭蕉一行が来たころの手取川には、橋が一つもなかった。対岸の粟生宿の舟人夫が川の両岸間に綱を張り、これをたぐりながら渡し船で旅人や荷物を運んでいた。洪水時には水島宿と小松の茶屋町にそれぞれ「舟留《ふなどめ》」と書いた木札が掲示され、交通は遮断された。一九八〇（昭和五十五）年四月、川北町木呂場に「芭蕉の渡し」の碑が建った。故中村笙川《しょうせん》が提案、筆者が考証し、町が建立した。

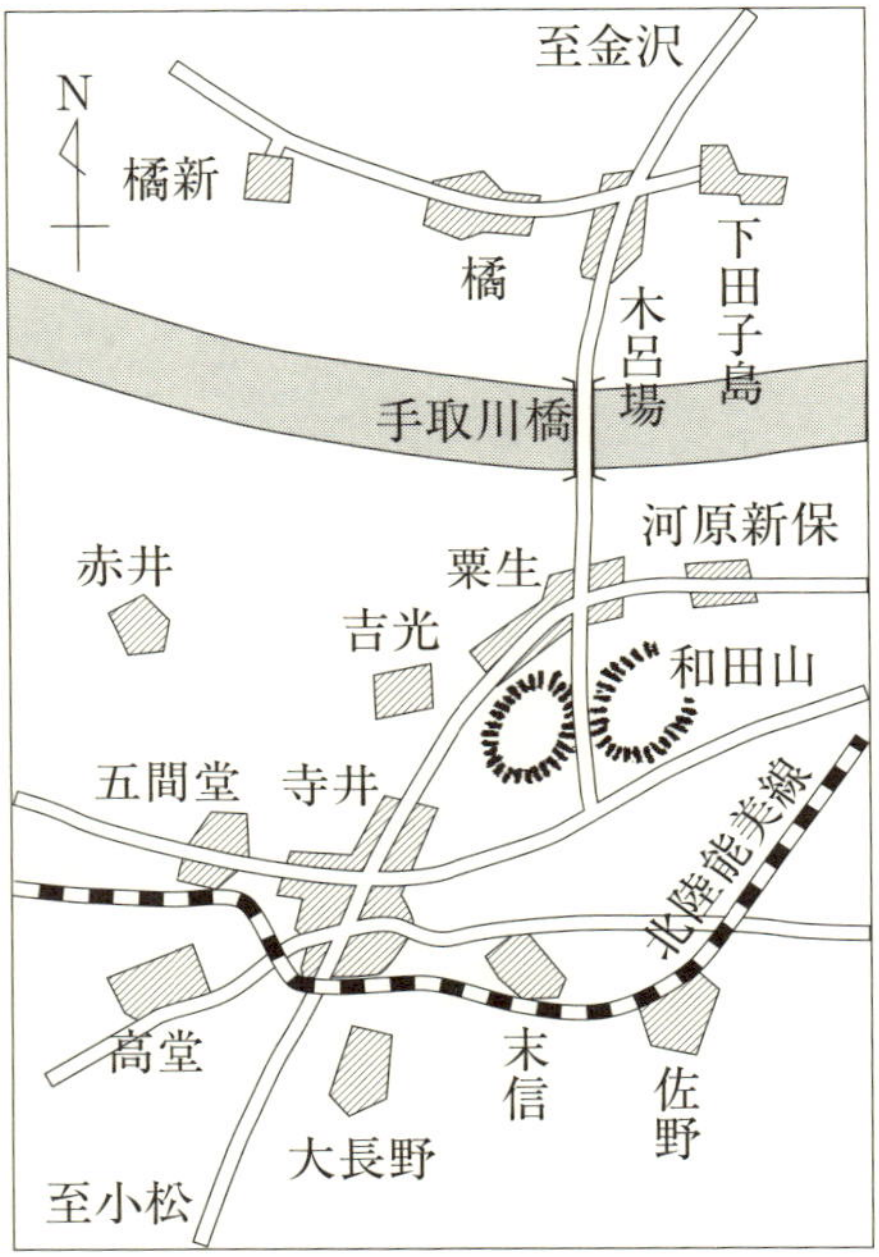

木呂場から小松への道（1961年）

□手取川から小松への芭蕉一行の様子は

『曾良旅日記』によると「二十四日 快晴。金沢ヲ立。（中略）申《さる》ノ上刻、小松ニ着。竹意同道故、近江ヤト云ニ宿ス。北枝随之《これにしたがふ》。夜中、雨降ル」とある。芭蕉一行は手取川を渡って北陸道を進んだ。右手に吉光の一里塚（現能美市吉光町）があり、寺井宿の高堂《たかんどう》（現小松市）には大茶屋という掛け茶屋があったので立ち寄ったであろう。荒屋、長田、島田、茶屋をへて、梯川《かけはしがわ》を舟で渡り、小松城下に入った。金沢から約七里半（約三十キロ）ある小松に着いたのは午後三時半か四時ごろだった。

第四章　源平ロマンと小松

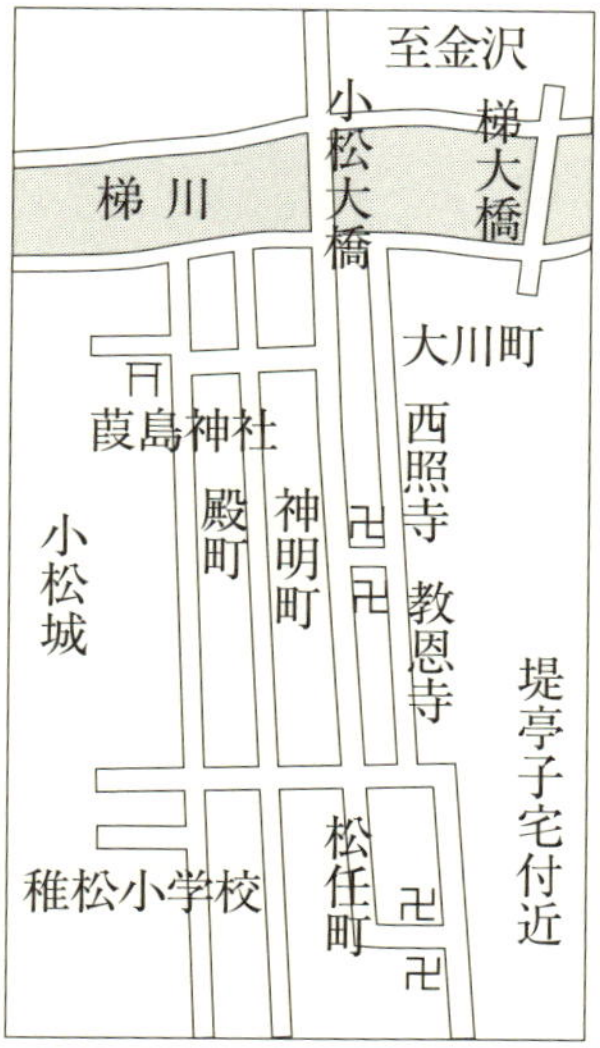

堤歓生（別名亨子）宅付近
（現小松市大川町）

☆多太神社

□「多太《ただ》神社」の条は

「此所《この》太田《ただ》の神社に詣《まうづ》。実盛が甲《かぶと》・錦の切《きれ》あり。往昔《そのかみ》源氏に属せし時、義朝《よしとも》公より給《たま》はらせ給ふとかや。げにも平士《ひらさぶらひ》のものにあらず。目庇《まびさし》より吹返《ふきがへ》しまで、菊から草のほりもの金《こがね》をちりばめ、龍頭《たつがしら》に鍬《くは》形打《うつ》たり。実盛討死の後、木曾義仲願状にそへて、此社にこめられ侍《はべる》よし、樋口の次郎が使せし事共《ども》、まのあたり縁起にみえたり。むざんやな甲の下のきりぎりす」となっている。

現代語訳は「この小松にある多太神社に参詣した。ここには斎藤別当実盛《さねもり》の遺品であるかぶとや錦のひたたれの切れ端が残っている。その昔、実盛が源氏に属していた時、義朝公よりいただいた品々であるという。見れば全く、普通の武士の持ち物ではない。まびさしから吹き返しまで菊から草模様の彫り物に金を焼き付け、龍頭に鍬形が打ってある。実盛が戦死した後、木曾義仲が祈願状に添えてこの神社に奉納されたということ。樋口の次郎がその使者をしたことなどが今も眼前に見るように神社の縁起に記されている。むざんやな甲の下のきりぎりす」となる。

芭蕉は多太神社（芭蕉は太田、曾良は多田と記している）を参拝している。「目庇《まびさし》より吹返《ふきがへ》しまで」から「龍頭《たつがしら》に鍬形打《くはがたうつ》たり」までは甲《かぶと》についての説明である。目庇は、甲の鉢の前方に庇のように出ているもの。吹返しは、甲の目庇の両端に耳のように出て、反り返っている部分を指す。その甲の正面の細長い鉄札に「八幡大菩薩《はちまんだいぼさつ》」の文字が刻まれていたが、『奥の細道』には、そのことについての記述はない。

□「多太神社」の条の特色は

七月二十四日、多くの門人に送られて金沢を後にした芭蕉一行は竹意や北枝（小松町研屋小路出身）の案内で小松に赴いた。「金沢」の条の「しほらしき」の句は二十五日の俳席の発句として披露されたものだが、『奥の細道』では金沢から小松への途中吟に続け、太田神社（現在は多太神社と書く）の記述と離して記している。この条の特色は、太田神社に参詣した芭蕉は斎藤別当実盛のかぶとと錦の直垂を拝観する。かぶとを眼前に実盛をしのんだ発句は季語を効果的に採り入れ、実盛の伝説に一層の哀感を添えて、この条を印象深いものにしている。

多太神社（小松市上本折町）

□多太神社縁起は

立松寺へ訪れた後、芭蕉らは城下南部の多太（太田・

多田）神社を詣でた。多太神社は多太八幡・八幡別宮とも称した。『延喜式神名帳《えんぎ》』の能美郡八座の一つ。社縁起によると、武烈《ぶれつ》天皇五（五〇三）年に男大跡王子《おおどの》（後の継体《けいたい》天皇）の勧請によると伝えられ、江戸時代には加賀藩三代藩主前田利常が社地を寄進し、一六四九（慶安二）年に能美郡総社と定めた。芭蕉が詣《もう》でたころ、神社には別当実盛のかぶとがあったとされ、これを見た芭蕉は「あなむざんやかぶとの下のきりぎりす」という句を詠んだ。

□『芭蕉翁絵詞伝《えことば》』の多太神社の様子は

伝記『芭蕉翁絵詞伝』（蝶夢《ちょうむ》著、狩野正栄画、一七九二年刊）には、多太神社で実盛の甲を見る芭蕉と曾良の場面がある。

芭蕉と曾良は多太神社に参詣して、斎藤別当実盛所蔵と伝える甲を拝見した。社宮古曾部広光とともに座敷に上がっているのが芭蕉、庭に立って見ているのが曾良である。芭蕉の傍らに開かれた巻物が置かれているが、これは『奥の細道』本文中に登場する縁起に違いない。神社境内の神々しいたたずまいを伝えるため、金泥引きのかすみが多用されている。

□実盛と義仲の素顔は

実盛（真盛）は斎藤別当実盛（一一一一～一一八三）。源義朝に仕え、のち平宗盛《むねもり》に従う。一一八三（寿永二）年、平宗盛の木曾義仲追討に際して、七十三歳の身で白髪を染めて戦ったが、加賀国篠原で手塚太郎光盛に討たれた。義仲は幼時、実盛のもとで養育されたので、手厚く回向させ、その甲（兜＝かぶと）と綿の直垂《ひたたれ》を多太神社に納めた。

木曾義仲（一一五四～一一八四）は倶利伽羅峠で平氏を破り、一一八四（寿永三）年、征夷大将軍に任じられたが、源義経の軍に討たれた。芭蕉の好きな武士は義仲と義経だった。

実盛の兜（多太神社所蔵）

□実盛の兜は

多太神社に斎藤別当実盛の兜《かぶと》が木曾義仲により奉納されていて、芭蕉は五百年の時を超えた貴重な遺品に手を触れた。悲劇の武将に涙する芭蕉の姿が浮き彫りにされる。寛永年間（一六二四～一六四四）に刊行された『集古集』にこの実盛の兜の図が載っている。芭蕉が見た一六八九（元禄二）年ごろは破損がひどく、崩れた兜であったろうから、余計に「むざんやな」の感慨をそそったことと思われる。兜は高さ一二・五センチ、重さ四・四キロで、兜の正面の細長い鉄札に「八幡大菩薩」の神号を浮き彫りにした精巧なつくりは見事である。

実盛の兜は一九〇〇（明治三十三）年に国宝、一九五〇年（昭和二十五）年に重要文化財に指定された。多太神社の古曾部広光宮司が国宝指定を機会に東京の専門店に修復に出した。解体修理された兜を目の当たりにすると、古く錆《さ》びた兜は、さすがに所々朽ちているが、いかにも源氏の兜らしく、いまだに由緒ある風格を漂わせている。多太神社参道の鳥居の手前、左側の台の上に実盛の兜を模した石製の兜が飾られ、奥右に芭蕉像があるほか、境内には奉納された芭蕉直筆の句を模写した「あなむざんやな」の句碑が建っている。

□「しほらしき名や小松吹萩すすき」の句意は

「しほらしき名や小松吹萩すすき」の句は、小松とは、いかにもかれんな地名であることよ。かれんな名そのままに、あたりの野に生えている小松を吹く風がハギやススキを優しくなびかせて、旅路を慰められる思いがする」との意。季語は「萩すすき」（秋）。

句は小松という地名にちなんでのあいさつ。伝説では平安時代、花山法皇がこのあたりに稚松を植え、いつしか「園の小松原」と呼ばれるようになったのが地名の由来とされるが、そうしたことも含んで、小松とはいかにもかれんな地名だと賛したのである。「小松」に地名と小さい松とを掛けている。

□小松の地名の由来は

小松町は梯川《かけはしがわ》下流左岸にあり、町北西端にある城の北から西を梯川が曲流する。北陸道がほぼ南北に縦断し、それらを基軸に城下町が構成されている。小松の地名が文献に載るのは戦国時代から。地名の由来については、①花山天皇が北陸御巡幸の際、現在の小松市園町付近に別荘を作り、多くの小さな松を植えたのが茂って小松の原と称され、小松と呼ばれるようになった（『小松市史』）。②平安時代末期に小松内府平重盛の所領だったから（同）、③平重盛《しげもり》が現在の東町に建立した浄土宗法界寺が小松山と号したから（『能美《のみ》郡誌』）――などの諸説がある。

□「近江や」の所在地はどこなのか

『曾良旅日記』によると「小松ニ着。竹意同道故、近江やト云に宿ス。北枝随之。」とある。一六九一（元禄四）年、「京町に近江やという旅籠があったとか、一七〇〇（元禄十三年）年に小松を訪れた遊行上人の『覚書《おぼえがき》』にも近江やの名が見られる」（『小松市史』）。京町は小松城大手に続く主要街道沿いの宿駅小松の中心の町。小松町の中央九龍橋際より北に通じる南北通りで東は中町、西は小馬出町。長さ約二百三十六メートル、幅約六・四メートル。芭蕉と同行の北枝にとって懇意にしている旅籠もあったろうが、竹意の顔を立てて竹意と縁がある近江やに泊まる。

□『曾良旅日記』による七月二十五日の様子は

『曾良旅日記』によると、「二十五日。快晴。欲小松立《こまつをたたんとほっす》。所衆聞而以北枝留《ききてほくしをもってとどむ》。立松寺へ移ル。多田八幡へ詣デテ、実盛が甲冑《かっちゅう》・木曽願書ヲ拝。終テ山王神主藤井伊豆宅へ行。有会《かいあり》。終而《おわりて》此ニ宿。中ノ刻ヨリ雨降リ、夕方止。夜中、折々降ル。」とある。芭蕉と曾良、北枝、竹意の一行は近江や（京町）で一夜を明かした七月二十五日（陽暦九月八日）は前夜の雨もやみ、快晴。総家数千六百二十三軒、人口一万一千人の小松町。

□二十五日の天候及び芭蕉の宿泊先は

『曾良旅日記』に「二十五日。（中略）山王神社藤井伊豆宅へ行。有会。終而此ニ宿」とある。これにより、芭蕉ら一行の宿泊先は本折日吉神社の神職藤村章重（俳号は鼓蟾《こせん》＝曾良が藤井と記しているのは誤記）宅であることがわかる。能順の句集『聯玉集《れんぎょくしゅう》』に「小松山王の祠官章重宅が許にて会せしに」とある。天候は朝は快晴。午後四時ごろから雨が降りだし、神社境内のハギやススキが生気を取り戻した。これまでの残暑の旅に比べ、芭蕉ら一行にすがすがしい雰囲気が漂っていた。夕方雨はいったんやみ、夜中になって、また時々降りだした。

□立松寺とは建聖寺なのか龍昌寺なのか

芭蕉の来訪を知った地元の俳人らが小松出身の北枝を通じて、滞在するように懇請。芭蕉一行は快諾し、立松寺へ移動した。だが、小松には立松寺という寺はない。建聖寺か龍昌寺だろうと考えられる。

『芭蕉はどんな旅をしたのか』によると「立松寺は建聖寺。たつしょうじと読んだものがいて、こうした当て字が使われたのであろう」と指摘する。「立」も「建」も「たつ」と読め、「松」も「聖」も「しょう」と読める。曾良が「建聖」に「立松」という字を当ててしまったという説は一理ある。

稚松歴史の会の北村康明は「立松寺は小松市寺町の建聖寺のことだろう。だれかが『タツショウジ』とでも言っているのを聞いて、曾良が書き誤ったのでしょう。あるいは芭蕉と曽良が松についての話に熱中し、松にこだわっていたために『立松寺』だという思い込みにつながったと考えるのはちょっと大胆かな」と想像を巡らせる。建聖寺の田中進英住職は「しほらしき」の句について「菖蒲《しょうぶ》は寺の裏に湿地帯が広がり、ハギ、ススキがたくさん生えていたようだ。境内には少し前まで古い松の切り株もあり、この寺で詠んだのではないか」と推測する。

現在「立松寺」が「龍昌寺」、の誤記であるとする説（『加能俳諧史』）が有力である。『加越能寺社由来上』によると、龍昌寺は「貞享二（一六八五）年六月二十一日小松曹洞宗龍昌寺　堅固住職云々」と寺由来記が書かれ、寺の所在地は小松町。一七三八（元文三）年に金沢に移転し、元の龍昌寺は龍昌庵（現在の小松市本折町、川嶋呉服店向かいの地蔵堂あたりが跡地）と称されたようである。大河良一は『夜話ぐるひ』（一七〇四年刊）に「小松　龍昌寺興行」として、支考の句が載っていることなどから「立松寺」を龍昌寺とした。

□建聖寺と既白《きはく》について

旅籠「近江や」（京町）の南西一キロほどの曹洞宗建聖寺（寺町）の門前に「はせを留杖ノ地」の石

柱（一九五六年建立）がある。また、境内に〈しほらしき名や小松ふく萩すすき〉の芭蕉句碑があり、句碑の傍らに「蕉翁」と刻まれた翁塚もある。宝暦年間に句碑を建立したのは住職で俳人の既白（?～一七七二）。希因門。一七五九（宝暦九）年の東国行脚を皮切りに翌年南紀へ、翌々年中国、四国へと活発な行脚活動をし、俳壇の旧習を批判。蕉風復興の機運を醸成した運動初期の唱導者。建聖寺には北枝在銘の芭蕉木像もある。

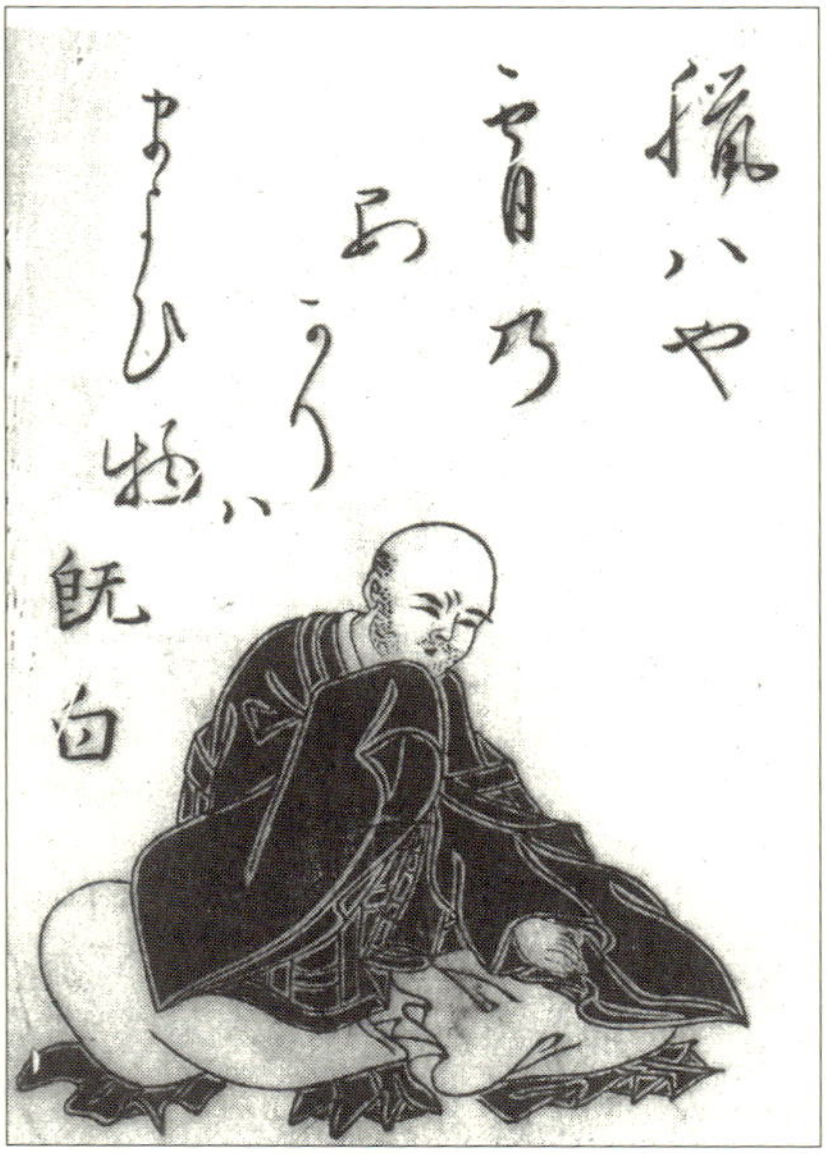

既白像（『俳諧百一集』）

□「むざんやな甲の下のきりぎりす」の句の意味は

「むざんやな甲の下のきりぎりす」の句は「むざんだなあ、この素晴らしい兜をかぶって戦ったことだろうが、今この下ではキリギリスが悲しそうに鳴いている」との意。季語は「きりぎりす」（秋）。「むざんやな」の「や」も「な」も詠嘆で、ここで句が切れる。謡曲「実盛」に「あなむざんやな、斎藤別当にて候《さうら》ひけるや」とあるのを踏まえた表現。実盛の兜から奮戦、戦死した実盛を想像し、「むざんやな」で詠嘆し、さらにキリギリスの声に悲しみ泣く気持ちを重ね合わせて表現している。

□北枝作「芭蕉木像」は

二〇一五（平成二十七）年秋、山中温泉「芭蕉の館」セミナーで、小松市寺町の建聖寺の北枝の手による芭蕉木像を拝観した。像の顔容は面長で眉長く、目は大きく、耳も大きい。口を引き結び、ひたいにはしわが三本ある。顔全体はほほえんでいて、左足を立て膝している。像の素材はケヤキで軽く感じられた。裏には「元禄口のとし北枝謹て作之」と墨書してある。俳文学者久富哲雄の考察によると、従来いわれてきた一六八九（元禄二）年、あるいは同十四年の作ではなく、同三年の制作ではないかと推測している。

北枝が芭蕉木像を入れ、背に担いでいた厨子《ずし》があり、興味深い。厨子は竹を編んで作ったものだが、まさに崩れんばかりになっている。厨子の下方には引き出しが作られている。観音開きの戸には割った竹を貼り付けて「厚積而薄発（厚く積みて薄く発すべし）」と書いてある。ふだんは一生懸命勉強し、俳句大会や吟行などに臨んでは、頭をからっぽにし、勉強した十分の一ぐらいを発言するのが良いでしょう、との意だと解して、セミナーの参加者に説明すると、皆軽くうなずいていた。建聖寺は曹洞宗永平寺派の寺である。

□芭蕉木像（建聖寺所蔵）の制作年次は

永龍山建聖寺（小松市寺町）に蕉門北枝の手による芭蕉木像（座高十八センチ、横幅十四センチ、奥行き十一センチ）がある。像の顔容はおもながで眉長く、口元小さく、目は大きく、耳の大きい福相で温和そのものに感じられる。この木像の座裏には「元禄□のとし北枝謹て作之（花押）」と見える。今「□」で示したところの文字は、数字の「三」とも、片仮名の「ミ」とも読める字体である。そのため、この芭蕉木像の制作年次には諸説が生じて定まらない。建聖寺門前の説明板には次のように書かれている。

「元禄二年建聖寺で、芭蕉の風貌に接した北枝が精魂込めてつくったものである。木像の底部に『元禄みのとし　つつしみてこれをつくる　北枝花押』と刻まれている」。また、小松市指定文化財「由緒並びに指定理由」の文中には「木像裏面には『元禄みのとし北枝謹て作之』とあり、師の像を永遠に残すために丹精こめて制作したことが伺える」とある。小松市では「三」ではなく、「ミ」と読み、それを平仮名に改めて表記し、「元禄みのとし」を元禄二（一六八九）年と考えているらしいことがわかる。これとは別に元禄十四年（辛巳）とする説もある。

北枝の表記法を元禄四（一六九一）年刊『卯辰集』中に探してみると「元禄三のとしの大火に庭の桜も炭に成たるを　焼にけりされども花はちりすまし　北枝」の例がある。「元禄三のとし」で、当面の「元禄□のとし」を「元禄三のとし」と読むことの強力な支えとなる。当面の文字を「ミ」と読み、元禄二年または十四年と考える説をやめ、芭蕉木像座裏の年記は「元禄三のとし」と読む。木像は小松市寺町の本覚寺住職、銀杏庵千山が金沢で買い求め、維新のころ、同寺住職竜山和尚から建聖寺に贈られたものという。（「芭蕉展」昭和五十六年十月）

□武部益友画の芭蕉像讃筆の内容は

小松山王会に出席した田中到画《ちかく》の孫権佐が一七八八（天明八）年九月、友人の画家武部益友（本名・次郎）に描かせた芭蕉像が日吉神社に奉納されている。添え状に「吾外祖父到画　俗名田中伝兵衛」とある。讃筆には「芭蕉翁曾良を伴ひて北海の古き所々見まほしきとて、弥生三日のころ武蔵野の春霞立ちかゆるほどは、いつといい置かで、定めなき世は人降るなど古事まであわれに眺め、文月二十日余り五日の日、この所に至り、日吉勧請の地なり社に泊まりたまふに、人々詣でて句を望む。世吉の一巻をとどむ」と書かれていた。

□芭蕉翁留杖の地碑の内容は

本折日吉神社には「芭蕉翁留杖之地」碑（高さ百五十七センチ、幅百五センチ、奥行き二十センチ、一九六〇年五月建立）がある。碑面中央右に「しほらしき」の句が縦二行で刻まれている。一九九八（平成十）年十二月にはこの碑の右前に円柱形御影石製の新碑（高さ百三十センチ、直径三十センチ）があり、正面に「芭蕉翁留杖の地」とある。裏面には芭蕉とその一行が小松入りした翌日、旅立とうとしたが、小松の住民らに引き留められ、鼓蟾《こせん》という俳号を持つ小松山王宮神社の神職の館に一泊して山王句会を開いた経緯や、句会での芭蕉の発句、鼓蟾の脇句が刻まれている。

碑文は松尾芭蕉が奥の細道の旅の途次、一六八九（元禄二）年旧暦七月二十四日小松に入り、近江やという旅宿に泊まった。翌二十五日出立せんとしたが、小松の人々に引き留められ、小松山王宮神社藤村伊豆守章重（俳号鼓蟾）の館に一泊す。同夜芭蕉をはじめ、曾良・北枝・歓生《かんせい》・塵生《じんせい》ら十名が催した山王句会は有名である。『曾良旅日記』に前書と吟句が書き留められている。「しほらしき名や小松吹く萩すすき　芭蕉」「露を見しりて影うつす月　鼓蟾」というもの。芭蕉の発句は小松の人へのあいさつの意が込められ、鼓蟾の脇句は芭蕉を月に見立てて感謝の意を表している。

□小松山王会歌仙興行内容は

①芭蕉の発句「しほらしき名や小松ふく萩薄　翁」（解釈＝以下解）小松という地名にちなんだ句で、小松の人々へのあいさつの意が込められている。

②鼓蟾「露を見しりて影うつす月」（解）月がハギやススキに露が付くのをよく見知っていて光を投げ映しているとの意。月はハギ、ススキに趣を添えるとともに、芭蕉に見立ててあいさつを返した。

③北枝「躍のおとさびしき秋の数ならん」（解）月に照らされて躍っている歌の響きも遠くから聞こえてくるが、それも寂しい秋の景物の数のうちに入って、夜も更けていった。

④斧卜《ふぼく》「葭のあみ戸をとはぬゆふぐれ」（解）遠くから聞こえる踊りの音をよそに、玄関のヨシを編んだ戸を開けて訪れる人もない夕暮れの寂しさ。

⑤塵生「しら雪やあしだながらもまだ深《ふかき》」（解）下駄で歩いてもまだ深い雪のため、訪れる人もない白一面の加賀の冬。

⑥志格《しかく》「あらしに乗りし烏一むれ」あらし吹く雪空の一群れのカラス。

⑦夕市《せきし》「浪あらき磯にあげたる矢を拾ひ」（解）浪さわぐ荒磯に打ち上げられた矢を拾う。鳥を射ようとした猟師の矢であろうか。

⑧致益「雨に洲崎の岩をうしなふ」（解）雨煙で洲崎の岩がみえなくなった磯辺。作者名は正しくは致画。

⑨観生（歓水）「鳥居立つ松よりおくに火は遠く」（解）鳥居の立っている松林の奥に遠くの灯火がみえる風景。洲崎に近い神社。

曾良像（『俳諧百一集』）

⑩曾良「乞食おこして物くはせける」鳥居のそばで寝ていた物乞い乞食を起こして食べ物を与えた——以下略。

歌仙興行の初めの部分を紹介したが、この十人が四十四句の世吉《よよし》連句を詠んだ。北枝のほかは、みな小松の人であり、竹意の名が見えないのは二十五日早朝、金沢に戻ったのだろう。

□『曾良旅日記』による七月二十六日の様子は

『曾良旅日記』には「二十六日　朝止テ巳ノ刻ヨリ風雨甚シ。今日ハ歓生へ方へ被招《まぬかる》。申ノ刻ヨリ晴。夜ニ入テ」俳、五十句。終而《おわりて》帰ル。庚辰《こうしん》也。」とある。二十六日（陽暦九月九日）、前夜から時折降っていた雨は朝方にはいったんやんだが、午前十時ごろから風をともない、激しく雨が降った。藤村伊豆宅で小松での第二夜を過ごした芭蕉らは、約束通り、招待されていた泥町《どろまち》（現大川町二）の歓生宅に、おりからの雨ながら向かった。龍助町から雨で濁った九龍橋を渡る。

京町、殿町、松任町あたりにさしかかると、泥町沿いに真宗大谷派教恩寺、西照寺の二寺院が目につく。泥町は梯川南岸にあり、松任町から北に続く南北通りを三町八間（約三百四十メートル）余行き（上泥町）、東に折れた所を梯下道と呼び、二町十二間（約二百四十メートル）で再び北に折れ、二十間（約三十六メートル）で梯大橋に至る（下泥町）。その泥町に芭蕉らが招かれた歓生の庵があった。歓生は町年寄。町年寄は町人の風儀を正しくし、商人、職人の勤倹を奨励し、非義邪道を禁じ、忠孝をすすめ、火盗を戒め、訴訟を調停するなど、町人の自治的支配を握って君臨した。

芭蕉、曾良、北枝、亭子《きょうし》、鼓蟾、志格、斧卜、塵生、季邑《きゆう》、視三《しさん》、夕市の十一人がそろった。歓生宅の離れ屋敷の席からは梯川の流れなど、秋の風景が眺められ、小松天満宮も見えたかもしれない。小松天満宮には連歌師の能順（一六二八〜一七〇六）がいた。能順は京都の北野天満宮の宮仕（みやじ＝歌学専門職集団）で、上乗坊・上大路家の能舜の子。一六五七（明暦三）年、小松天満宮に招かれ、連歌をよくした。加賀藩内に連歌が盛んになったのは、能順に負うところ大で、弟子に歓生や鼓蟾がいた。

□小松の俳人塵生の素顔は

塵生は西町吉川家の祖。一九三二（昭和七）年、小松大火による家屋焼失まで、代々、餅、まんじゅう製造元任田屋を営んでいた。系図は「西町任田屋吉右衛門は寛文十二年八月四日病死」に始まり、次に「二代同伜太右衛門は元禄十三年三月二日行年七十歳」とあるから任田屋二代目が塵生だったことになる。家の側を川が流れていたので「歓水亭」とも号し、『春鹿集』（一七〇六年刊）には「村井や又三郎塵生」とある。『俳諧七部集』の一つ『猿蓑』に入集した唯一の小松俳人で、一六九〇（元禄三）年『江鮭子《あめご》』から一七二五（享保十）年の『三千化《さんぜんげ》』まで二十一俳書に入集している。

□小松の俳人歓生の素顔は

歓生（別号・亭子）の姓は堤氏で、通称越前屋宗右衛門（七郎右衛門）。堤家は京都の公家の出だという。越前屋は一六三九（寛永十六）年に加賀藩三代藩主前田利常の小松入城に従い、越前から随伴した商人とのこと。歓生は一六五七（明暦三）年、京都北野天満宮から小松天満宮に招かれた連歌師能順の高弟で連歌に優れていた。一方では京都談林派の有力俳人田中常矩の門人でもあった。能順が没した翌年の一七〇七年には『聯玉集《れんぎょく》』（能順発句の九百九十句）を編んでいる。

□北枝と歓生の家はどこにあったのか

一八三三（天保四）年作成の古地図には現在の小松市大川町二、三丁目の間口などが尺単位で示されている。これをメートル法に換算すると、同町三丁目の教恩寺から約六十メートル南に「研屋小路」、また同町三丁目の西照寺から約二百メートル北に「越前屋宗右衛門」と記されている。

北枝は研屋小路に住み、歓生（通称・越前屋宗右衛門）は泥町《どろまち》通りの葭島《よしじま》神社前の南北いずれかの角の家に住んでいた。歓生の家は相当の資産家で、今の大川町の一角でかなり広大な敷地であったようだ。（『むかしの小松』）

小松では昔から現在の大川町三丁目七十五番地が立花北枝宅、根上小松線の道路拡幅に伴い、現在更地の旧野口寅之助宅（同二丁目四十番地）が堤歓生宅だといわれていた。

一九九四（平成六）年には、大川町交差点を左に曲がる角の野口家は芭蕉と交友があった越前屋歓生宅で、句会の場となった歓生亭は道の西側の湯浅治男邸（同二丁目七十三番地）の位置にあったとされている、という。松任町北端の泥町東側北二軒目から新町へ出る小路は寛文年間、刀研師牧童、北枝が住んでいたので、昔から研屋小路といった。

□小松大橋のたもとの碑は

小松大橋のたもと、大川町二丁目の梯川河川敷に芭蕉句碑が立つ。愛媛県産伊予石を用いている。

高さは台座を含め約二メートルで、旧暦七月二十二日（陽暦九月九日）、芭蕉が泥町（現大川町）にあった歓生亭で詠んだ「ぬれて行や人もおかしきあめの萩」の句を刻む。碑の後ろには「芭蕉は元禄二（一六八九）年『奥の細道』の旅程の中で、北陸道に面する泥町を訪れ、ここ歓生亭でこの句を詠んだ。二〇一五（平成二十七）年三月建立　大川やわらぎ街道まちづくり協議会」とある。小松大橋（全長一四二・五メートル）は二〇一一年三月に架け替えられている。

□元禄の昔を伝える梵鐘とは

小松泥町（現大川町三丁目）に浄土真宗西照寺がある。西照寺は蓮如上人の弟子だった教明が開基した古刹《こさつ》で、芭蕉の小松来訪の五年前、一六八四（貞享元）年に歓生が寄進した梵鐘がある。釣鐘堂は本堂の左手にあり、梵鐘の文字は「釈了意」と読み取れる。近世小説作者で『浮世物語』『伽婢子《おとぎぼうこ》』などの著作がある仮名草子の浅井了意《りょうい》（一六一二～一六九一）の法名を指す。また、梵鐘に刻まれた銘に「願主小松住　越前屋七郎右衛門尉　堤氏歓生」の名が確認できた。文芸を愛好する富商人歓生と和漢の学に通じた了意の交流がしのばれる。

□「ぬれて行や」五十韻歌仙興行の内容は

芭蕉の即興句「ぬれて行や人もおかしき雨の萩」を発句に五十韻（五十句）の歌仙興行が開催された。御馬廻十八人衆の一人、土野致益（画）は役目柄忙しかったのか不参加。「ぬれて行や」は風情ある趣を提供してくれた歓生に対する感謝の気持ちを表し、また、当日の実景を織り込んだ感興に富んだ句である。脇句は「すすき隠《がくれ》に薄葺家《すすきふくいえ》」と歓生が亭子の名で詠む。薄原の中に隠れ、ありあわせの薄で葺いただけの粗末な家ですよと謙遜したのである。芭蕉は小松の有力な俳人と交流を深めた。

五十韻歌仙興行のはじめの十一句を紹介する。

①芭蕉の発句「ぬれて行や人もおかしき雨の萩」

②亭子「すすき隠に薄葺家」

③曾良「月見とて猟《りょう》にも出ず船あげて」（解説＝以下解）今日は月見だといって、漁にも出ないで船を岸に上げて休む海士の家。ススキの中の月見。

④北枝「干《ひ》ぬかたびらを待ちかぬるなり」（解）かたびらは夏に着る単衣。

⑤鼓蟾「松の風昼寝の夢のかいさめぬ」（解）乾くのを待ちかねてつい昼なのにうとうとしたが、松吹く風に眼が覚めた。

⑥志格「轡《くつわ》ならべて馬のひと連《つれ》」

⑦斧卜「日を経たる湯本の嶺も幽《かすか》なる」（解）いにしえよりの箱根越え。

⑧塵生「下戸にもたせておもき酒樽」（解）重い酒だるを、酒を飲めない人に持たせての旅路。

⑨季邑「むらさめの古き錏《しころ》もちぎれけり」（解）前句から村雨の夜の酒盛りを連想した、謡曲「羅生門」の渡辺綱と鬼との奮戦の面影か。錏は兜の鉢や頭巾につけて首から襟を防御するもの。

⑩視三「道の地蔵に枕からばや」（解）錏もちぎれた落武者。

⑪夕市「入相の鴉《からす》の声も啼まじり」（解）ねぐらに帰る鳥にカラスの鳴き声もまじって、暮れ方のころ。

この時の「ぬれて行や」の巻は『しるしの竿』（一七〇五）には前半一折二十二句を収録し、以下二十八句は『金蘭集』（一八〇六）、『一葉集』（一八二七）によると、芭蕉、曾良、北枝、歓生の四人で吟じている。これらから推測すると、歓生宅に参会した連衆は二十二句までで、午後四時ごろには雨もあがり、散会したのであろう。その後、芭蕉、曾良、北枝、歓生によって満尾したようだ。五十韻歌仙を試みた歓生宅での句座で、芭蕉が見せた制作意欲を能順に対する対決にも似た意識とみてはいいすぎであろうか。

□「ぬれて行や人もおかしき雨の萩」の句意は

「ハギの花が盛りを迎えているこの亭の庭に今、雨が降っている。その雨にぬれて花の風情をめでていると、他にもやはり雨にぬれながら、庭をあちこち行き来して花をめでている人がいる」との意。季語は「萩」で秋。雨でぬれたハギの風情もいいが、そのほとりに花をめでる人の風情もなかなか趣がある。雨のハギを楽しむ俳人たちの姿が想像される。『曾良書留』には「二十六日、同歓水（正しくは歓生）亭会、雨中也」と前書きがある。歓生宅での会に招かれて詠んだ句である。

□七月二十六日の芭蕉の宿泊先は

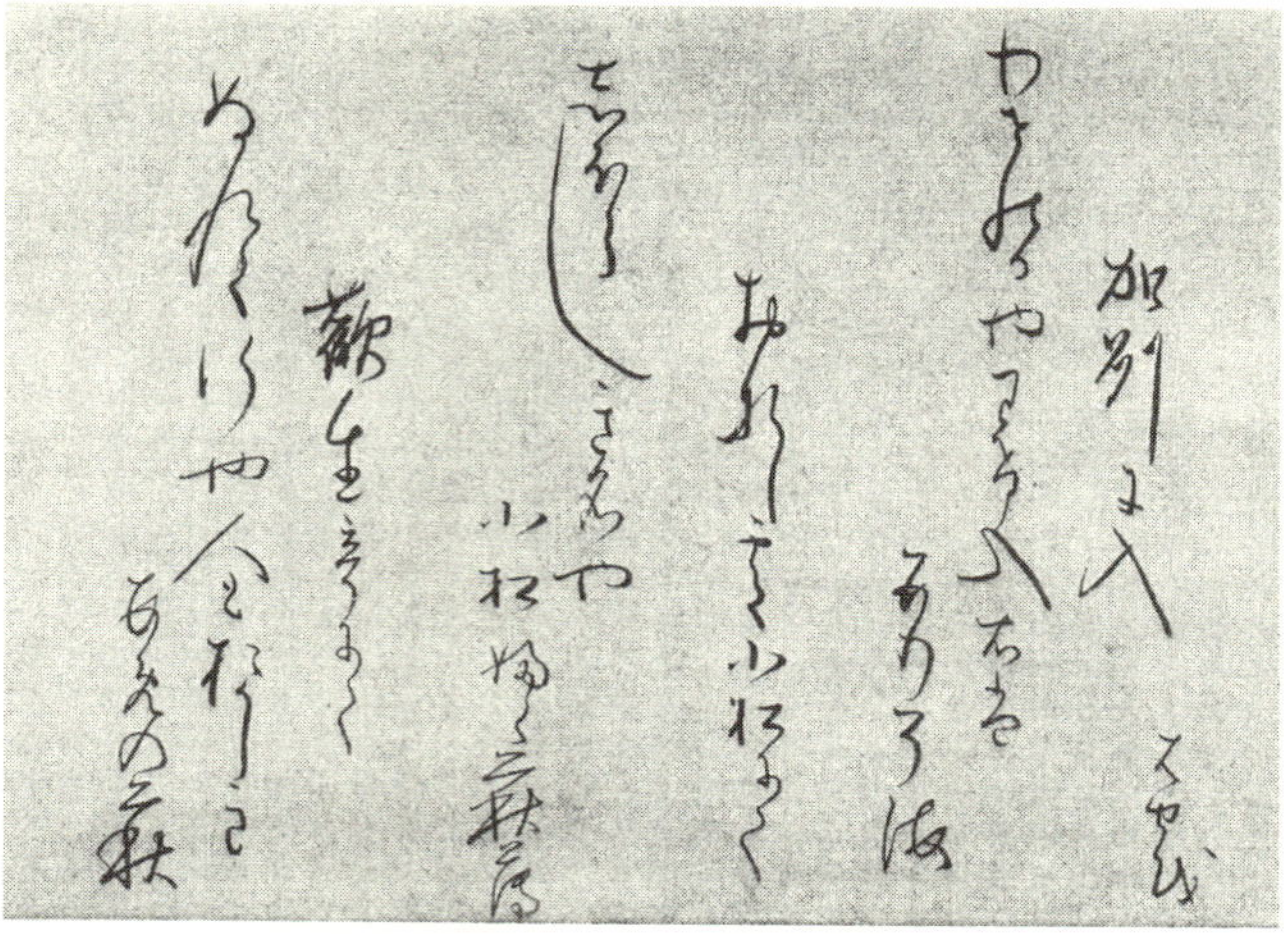

「しほおらしき」ほか発句懐紙

歓生宅での五十韻歌仙を終えた後、芭蕉らは宿泊先に戻った。『曾良旅日記』に「庚申《こうしん》也」の記述があるように、この日は寝ないで徹夜で過ごす庚申待ちの日である。庚申日は六十日で巡って来る。尾花沢（山形県）に滞在していた時は庚申待ちに招待された。ところで、二十六日の芭蕉の宿泊先は藤村伊豆（俳号・鼓蟾）宅、近江や、建聖寺、龍昌寺の四説がある。『奥の細道行脚「曾良日記」を読む』によると「前夜に泊まった鼓蟾の宅か、それとも龍昌寺か不明だが、記載の仕方からは前日、龍昌寺に宿を移していたように思えるので、後者かと思える」とある。

□「しほらしき」ほか発句懐紙は

発句懐紙（二五・二センチ×三五・七センチ）には「おなじ処小松にて　しほらしき名や小松ふく萩薄　歓生亭にて　ぬれて行や人もお（を）かしきあめの萩　はせを」とある。「ぬれて行や」の句は七月二十六日、歓生亭での五十韻の発句として詠まれたものだが、『奥の細道』には見当たらない。この句は雨にぬれながらハギの花の中を行く人も風情があるといって、雨中のハギをめでて、あいさつにしたもの。懐紙は小松で染筆し、地元俳人に与えたものだろう。小松市の北の玄関口にふさわしい大川町二丁目にあった歓生宅は二〇〇五（平成十七）年からの街路事業で撤去された。

□実盛塚はどこにあるのか

加賀市篠原新町の八幡神社北側に実盛塚がある。一一八三（寿永二）年の源平合戦で戦死した斎藤実盛の首塚といわれ、一九一七（大正六）年に現在のように整備された。『平家物語』『源平盛衰記』によれば、実盛は篠原の戦いで総崩れとなった平家軍のなかで、ただ一騎踏みとどまって奮戦し、手塚太郎光盛に討たれた。『満済准后日記《まんさいじゅんごにっき》』によると、一四一四（応永二十一）年に時宗総本山の十四世遊行上人太空がこの地へ来錫《らいしゃく》の折、実盛の亡霊が現れ、太空の算（念仏札）を受けた。この話は都にまで伝わり、世阿弥の謡曲「実盛」となった。

□行事「遊行祭」の様子は

一六二九（寛永六）年の三代法爾《ほうじ》以降、加賀国を遊行《ゆぎょう》する上人は必ず実盛塚で念仏供養をし、実盛にゆかりのある多太神社に念仏札を納めるため、小松を訪れた。多太神社では毎年五月、平家の武将斎藤別当実盛の遺徳をしのぶ遊行祭が催され、二〇〇五（平成十七）年には「遊行上人実盛公兜回《かぶとえ》向祭《こう》」が斎行された。

遊行祭では揃いのTシャツを着た子どもたちや氏子ら百人余が「八幡曳宮」を引いて十町内を巡行する。高さ三《メー》トルの曳宮には同神社所蔵の兜のレプリカが載せられている。

□小松の小学校歌に芭蕉句が挿入？

小松市殿町二の稚松《ちしょう》小学校（一八七三年創立）の校歌（作詞・八波則吉、作曲・大西安世）の歌詞に『奥の細道』行脚で芭蕉が詠んだ「しほらしき名や小松吹く萩すすき」の句が挿入されている。歌詞の一題目が〽しおらしき名や　小松ふく　萩すすきはた　花もみじ　四時のながめの　美わしき園に隣れる　文の庭――となっている。

「しほらしき」の句は、「小松というしおらしく可憐な名前にふさわしく、ここでは小さい松に吹く風が、また同時に萩やススキにも吹きかかっている」との意。味わいのある情景である。

□高校生からの質問――「多太神社」の条――

質問（以下Q）誰が「源氏に属せし時」か？　解答（以下A）実盛が。

Q　本文ではどういうことが「縁起《えんぎ》」に記されてあるというのか？

A　多太神社の宝物（義仲祈願状と実盛のかぶとなど）由来書。

Q　実盛の兜《かぶと》の各部分の名称を抜き出して説明してください。

A　まびさし＝兜の鉢の前方にひさしのように出ていて額を覆うもの　吹き返し＝まびさしの両側にあって後方にそりかえったもの　菊唐草のほりもの＝菊の花や葉を唐草模様にした彫り物　鍬形《くわがた》＝まびさしの上に二本相対して立てたもの　龍頭＝兜の鉢の前部。

☆那谷寺

□時系列と異なる「那谷寺」の条

七月二十七日、芭蕉は小松を発つ。『奥の細道』は、小松—那谷寺—山中温泉の順で書かれ、山中温泉に向かう途中で那谷寺に立ち寄ったことになっている。『曾良旅日記』による実際の旅程は小松—山中温泉—那谷寺—小松である。芭蕉は山中温泉で八日間過ごした後、八月五日、生駒万子の俳席に出るために小松に戻る途中、那谷寺に立ち寄った。那谷寺参詣は本来、山中温泉の後に来るべきだが、本文では逆戻りをさせないために山中温泉の前に置いた。「白根が嶽跡にみなして」は実際の景色であり、本文では修正すべきを失したのだろう。

□「那谷寺」の条は

「山中の温泉《いでゆ》に行ほど、白根が嶽跡にみなしてあゆむ。左の山際に観音堂あり。花山の法皇、三十三所の順礼とげさせ給《たま》ひて後、大慈大悲の像を安置し給ひて、那谷と名付給ふとや。那智・谷組の二字をわかち侍《はべり》しとぞ。奇岩さまざまに、古松植ならべて、萱《かや》ぶきの小堂、岩の上に造りかけて、殊勝の土地也。石山の石より白し秋の風」。

那谷寺は真言宗の名刹《めいさつ》。本尊は千手観世音菩薩で拝殿の奥の岩窟内に安置されている。境内の起伏に富んだ奇岩は仙境を思わせる。

現代語訳は「山中温泉に行く途中、白根が嶽（白山）をあとの方に見やりながら歩みを進めた。左側の山際に観音堂がある。この観音堂は花山法皇が西国三十三カ所の巡礼をお果たしになった後、大慈大悲の（観世音菩薩）像を安置なさって（ここを）那谷と名付けられたとか（いうことである）。那智・谷組の（地名の）二字を分けて名付けられたと（いうことである）。珍しい形をした石がさまざまに（積み重なって）、そこに老松を植え並べて、かやぶきの小さな堂が岩の上に突き出すように造ってあり、素晴らしい景勝地である。

石山の石より白し秋の風」

那谷寺大悲閣拝殿

□那谷寺の由来は

二〇〇三（平成十五）年三月、筆者は木崎馨山那谷寺住職の案内で庫裏書院をはじめ、奇岩遊仙境、大悲閣拝殿など那谷寺境内を歩いた。住職は「那谷寺は十一面千手観音、白山比咩神、自然の岩山洞窟を本尊とする寺で、神仏ともに祀《まつ》ってきました。本殿は岩窟内にあり、古代より人の魂の輪廻《りんね》転生の場、禊《みそぎ》再生、胎内くぐりの聖地にあり、自然の教えを大切にし、寺境内を心を癒やす天然の道場としました。泰澄《たいちょう》大師は吉野山中より自然智の教えをもたらし、奈良時代初期の養老元年に岩屋寺を開山しました」と語った。

□「石山の石より白し秋の風」の句意は

「那谷寺境内の奇岩は近江の石山を想起させるが、奇岩は石山の石よりも白く思われ、折から吹き渡る秋風はそれより一層白く感じられ、厳かな雰囲気を醸し出している」との意。季語は「秋の風」で秋。昔は石山といえば近江の石山寺を指し、この時代の人もそのように解していたらしい。ここで響いているのは、古来「色なき風」と言い慣《なら》わされた秋風なのであり、「白し」の主語は「秋の風」とすべきであろう。、粛々《しょうしょう》たる秋の気配を詠んだところは見事であり感覚的である。

□「石山の」句の諸説とは

「石山の石より白し秋の風」の「石山」が何を指しているかの解釈は研究者によって違う。①近江石山寺を句の下敷きにし、近江の白くさらされた石山の石より、那谷寺の石山は白い（「石山」を近江の石山とする説）②那谷寺の石山は白いが秋風はそれより一層白く感じられる（「石山」を眼前の那谷寺の石山とみた説）③那谷寺の石は石山寺の石より白いが、吹く秋風はさらに白い（「石山」を近江、那谷寺の両方に掛け「秋の風」にも焦点を置いた折衷案）」の三つの解釈が考えられる。現在は③が優勢である。

□「石山の」の発句懐紙は

「石山の」の発句懐紙（縦三二・七センチ、横三九・七センチ）は「那谷の観音に詣」と前書きして「石山のいしより白しあきの風」とある。『山中集』所収の涼莵《りょうと》の句の前書きに「那谷の観音は湯本より三里ばかり道也。桃妖の主おくり来て名残をしたふ　石山の石より白し秋の霜翁此《この》句も此処《ここ》にての事なるべし」とあるのは「風」を「霜」と誤っている。『奥の細道行脚「曾良日記」を読む』には、懐紙は小松の酒造家関谷家の主が芭蕉を石山に案内した礼にもらったとある。芭蕉は那谷寺から小松町に向かう途中に書いたらしい。

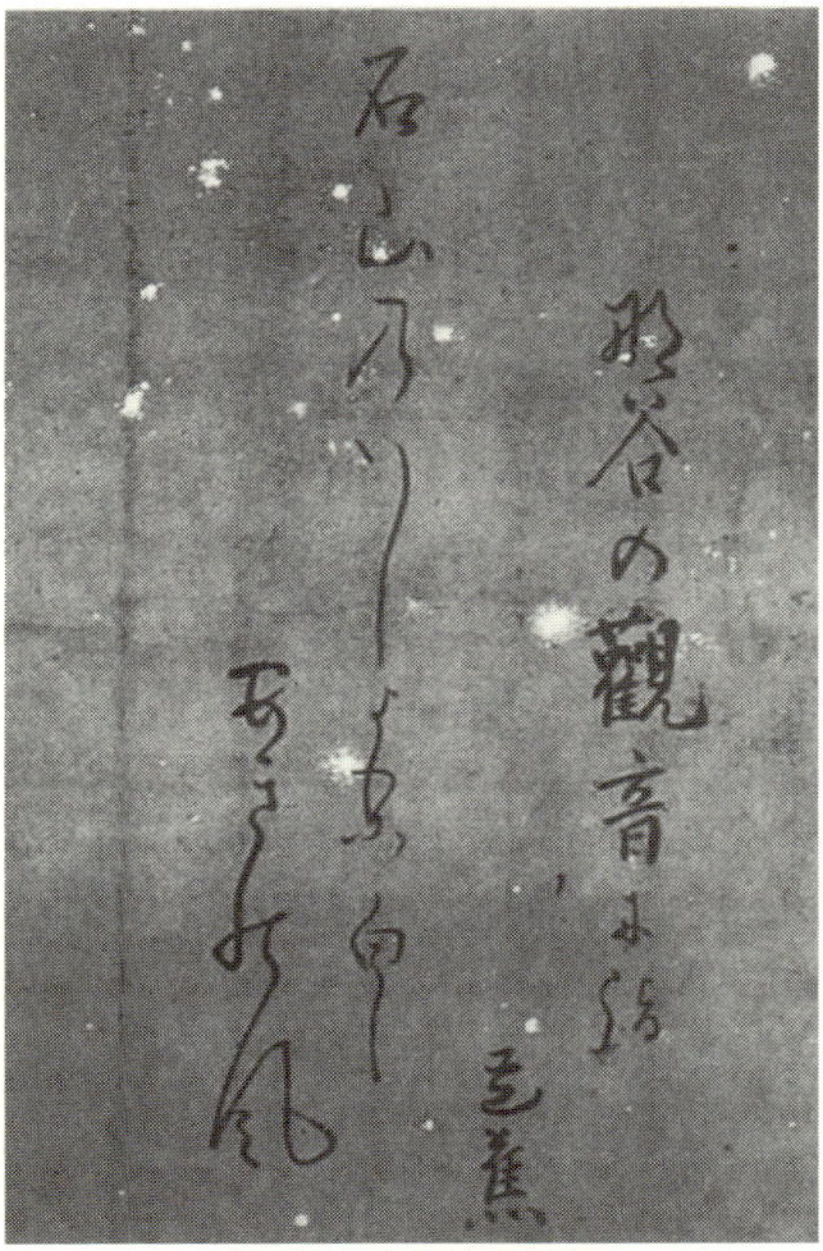
「石山の」発句懐紙

□近江の石山寺について

昔は「石山」といえば近江の石山寺（西国十三番札所、大津市石山）を指した。名の由来は、寺が珪灰石《けいかいせき》から成る小山の上にあることから来ている。創建は七六二（天平宝字六）年頃。平安時代、観音信仰が盛んになるにつれて、天皇や貴族の参詣が多くなった。芭蕉も何回か詣でている。「清水詣で」（清水寺）「初瀬詣で」（長谷寺）などと並び「石山詣で」として多くの人々が参詣する寺として名高い。紫式部が『源氏物語』を執筆した寺との伝説も有名。近くには芭蕉が一六九〇（元禄三）年に滞在した幻住庵跡がある。

□「つかもうごけ」（那谷寺所蔵）発句詠草は

那谷寺には芭蕉の発句詠草（句の草稿）「とし比《ごろ》我を待ける人のみまかりけるつかにまうでて　つかもうごけ我泣声は秋の風　芭蕉」（縦二九・五センチ、横一四センチ）が、曾良の「一笑居士《こじ》のつかに詣侍《はべ》りけるに　いとやさしき竹の　墓のしるしになびきそひたるも哀《あわれ》まさりぬ　玉よそふはかのかざしや竹の露　曾良」（縦二二・九センチ、横二〇センチ）に貼り合わせられて残っている。「とし比《ごろ》我を待ける人」とは一六八八（元禄元）年に没した小杉一笑のこと。七月二十二日、金沢市野町の願念寺での一笑追善会で染筆された。

□中学生からの質問―「那谷寺」の条―

質問（以下Q）「那谷」の地名の由来は？

解答（以下A）西国三十三所の最初の札所が那智山青岸渡寺、最後の札所が谷汲《たにぐみ》山華厳寺なので、その頭文字をとって名付けました。

Q　花山法皇はどういう方？

A　第六十五代天皇の花山天皇ですが、天皇の位に就いて二年ほどで、十九歳の若さで出家し、法皇になりました。

Q　法皇と上皇の違いは？　天皇を退位された方は、普通は上皇と呼びますが、退位して出家すると、仏法に帰依したことになるので、法皇と呼びます。

Q　白根が嶽とは？

A　白山です。

第五章　山中の湯と全昌寺

湯の香漂う総湯「菊の湯」（山中温泉）

☆山中温泉

□「山中温泉」の条①は

「温泉《いでゆ》に浴す。其功有間に次と云《いう》。山中や菊はたおらぬ湯の匂　あるじとする物は、久米之助《くめのすけ》とて、いまだ小童《しょうどう》也。かれが父、俳諧を好て、洛の貞室若輩のむかし、爰《ここ》に来りし比《ころ》、風雅に辱《はずか》しめられて、洛に帰て、貞徳の門人となって、世にしらる。功名の後、此一村判詞《はんし》の料を請《うけ》ずと云。今更むかし語《がたり》とはなりぬ。」

芭蕉は有馬温泉に次ぐ名湯と名高い山中温泉を訪れ、俳人貞室とゆかりのある宿をとる。曾良との別れに至る前夜の感情の起伏を抑えた文章といえる。

現代語訳は山中温泉で入浴する。この温泉の効能は有間（馬）温泉に次ぐという。「山中や菊はたおらぬ湯の匂」自分が客となっている宿の主人は久米之助といって、まだ少年である。彼の父は俳諧が好きで、京都の貞室がまだ未熟な若者であった昔、この土地にやって来たころ、この子の父親から俳諧の上で恥辱を受け、それから発奮して京都に帰り、貞徳の門人となり、世に知られるようになった。それで、名を成した後も、この一村の人々からは俳諧の添削料を取らなかったという。それも今となってはもう昔話になってしまった、となる。

□「山中温泉」の条の梗概は

「山中温泉」の条の前半は山中温泉をほめ、この村に伝わる貞室の話が記されている。後半は長らく一緒に旅を続けた曾良との別れと、別れの句のやりとりが書かれている。『曾良旅日記』の金沢の条の七月十七日（予、病気故、不随）、二十一日（高徹ニ逢、薬ヲ乞）、二十三日（病気故、不行）に病気の記事がみえる。曾良は健康を害した自分が一緒にいては、かえって迷惑をかけると思ったのだろう。このころは、芭蕉の奥の細道行脚も終わりに近づき、門人北枝が随行することにもなっていた。

曾良は山中温泉から小松に引き返すことになったのを機会に、芭蕉と別れることにしたのだろう。曾良が伊勢・長島へ向けて出発したのは八月五日のことである。『奥の細道』の旅程では「那谷寺」の条がこの次に来ることになる。『奥の細道』は病気のために曾良が芭蕉に先行して伊勢・長島に赴いたのだとする。確かに曾良は数日間、体調不良で投薬も受けていたが、以後の道中は順調で、芭

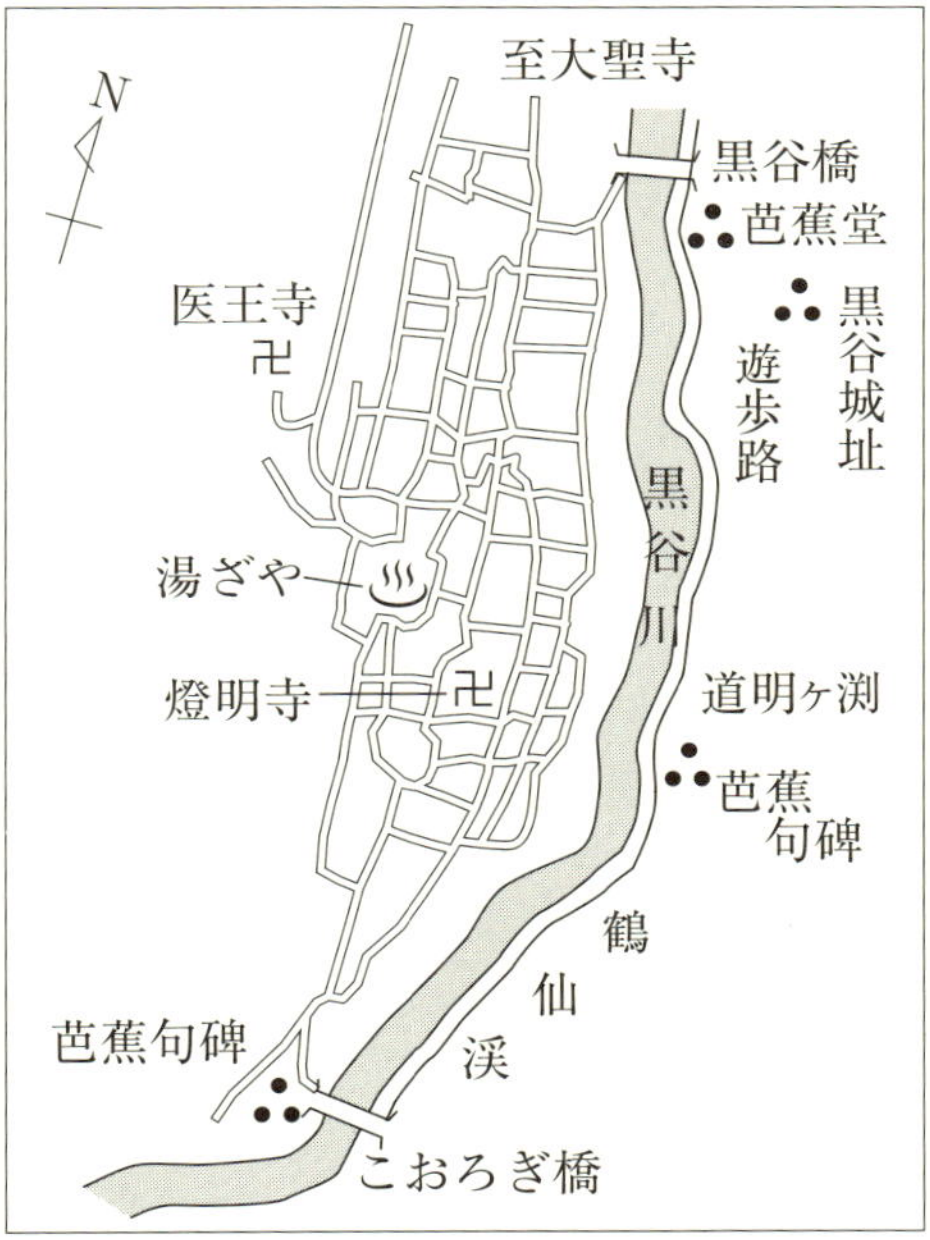

山中温泉とその周辺

蕉と同行できないような状態だったとは考えられない。『奥の細道』の「曾良は腹を病て」は文飾と考えられる。

□『曾良旅日記』による七月二十七日の様子は

『曾良旅日記』には「二十七日　快晴。所ノ諏訪宮祭ノ由《よし》聞テ詣《もうでる》。巳《み》ノ上刻立《たつ》。斧卜・志格等来テ留《とどむ》トイヘドモ、立。伊豆尽甚持賞《はなはだつくしてもてな》ス。八幡ヘノ奉納ノ句有。真（実）盛が句也。予・北枝随之《これにしたがう》。」とある。

二十七日（陽暦九月十日）、今日も快晴。諏訪宮の祭礼の日だと聞いて見物がてら参詣する。諏訪宮は社伝によれば、九二七（延長五）年には早くも『延喜式神名帳』に「加賀国能美八座小並菟橋《うはし》神社」として記載されている古社である。

当時、諏訪宮＝現菟橋神社・小松市浜田町＝のある浜田地域は水田や畑に取り囲まれていて梯川には梯川大橋が架かっていた。郷土史家の川良雄は「安宅方面との交通は浜田地域から渡し船が通っていました。だから浜田地域は小松の水上交通の要所でした」と語っていた。芭蕉らが訪れた日の諏訪宮には安宅などから乗合船がにぎやかに乗り込んできていたであろう。前日、十一吟五十韻（五十句）の歌仙興行に参加した斧卜《ふぼく》、志格《しかく》らが来て、もっと小松に滞在してほしいと懇願したが、さすがに今度は断ったのである。

午前九時半ごろ、小松を出発した。昨日、歓生亭で詠んだ句「ぬれて行や人もおかしき雨の萩　は

せを　心せよ下駄のひびきも萩露　曾良　かまきりや引こぼしたる萩露　北枝」を思い出しながら、日吉神社藤村伊豆＝鼓蟾《こせん》＝宅にも立ち寄ったところ、たいそうもてなしてくれた。日吉神社から多太神社までは道すがら近い（約五百メートル）ので立ち寄った。おそらく見送りに来た小松の俳人たちも同道していただろう。多太神社では芭蕉は句を詠じ、短冊を奉納し、曾良、北枝もならって詠んだ。

蕉風の地方での実態を示す『卯辰集』に「多田の神社にまふでて、木曾義仲の願書 幷《ならびに》 実盛がよろひかぶとを拝ス三句」として収める。

①「あなむざんやな甲《かぶと》の下のきりぎりす　翁」秋の季語である「きりぎりす」は、今のツヅレサセコオロギ（昔はハタオリと言った）。この句はきりぎりすの声を「老武将の悲壮な最期を物語るように悲しく響くものよ」ととらえたとする解釈と「ちょうどきりぎりすが秋の哀れを誘うかのように鳴いている」ととらえたとする解釈がある。近年では両者の折衷案で落ち着いている。『奥の細道』には上五「むざんやな」として入集。謡曲「実盛」では樋口次郎が首級を目にし、涙をはらはら流しながら「あなむざんやな、斎藤別当にて候ひけるぞや（ああ、かわいそうに、斎藤別当でありますぞ）」と言う。「むざんやな」は初案の「あなむざんや」「あなむざんやな」の文句を借りたものである。

②「幾秋か甲《かぶと》にきへぬ鬢《びん》の霜　曾良」実盛が戦死して多くの秋をへたが、甲を見ていると、霜のような鬢が消えることなく思い出される、の意。季語は「幾秋」（秋）。「きへぬ」と「霜」は縁語。

③「くさずりのうら珍しや秋の風　北枝」秋風の吹く中、斎藤別当実盛の鎧《よろい》のくさずりの裏まで、

珍しく拝見できたことよ、の意。季語は「秋の風」（秋）。くさずりは翁の句の前書にある「実盛がよろひ」のそれを指す。胴の下に垂れるもので、五枚の板を綴っている。

多太神社に奉納したこの句の短冊は今も残っている。筆者は一九八一（昭和五十六）年七月、古曾部三郎宮司に見せてもらったが、判読できない状態だった。短冊を見た多くの人が表面をなでたのでボロボロになったとのことであった。

芭蕉らが小松を出発し、どの道を通って山中温泉まで行ったのかは『奥の細道』『曾良旅日記』に記されていないため不明だが、北陸道（加賀藩が官道とした街道で宿場も整っている）をたどったと思われる。『加越能三州地理誌稿』（一九三四年刊）などによると、小松城下から北陸道（県道11号）を南下し、今江（小松から約四キロ）―串茶屋―串（県道１４５号を直進）―月津（現小松市月津町）へ。ここから矢田新を通って動橋に着く。動橋を渡って北陸道（県道１５０号）を離れる。その後、庄―七日市―西島を通過し山代温泉に到着した。

十返舎一九の「金草鞋《かねのわらじ》」の十九編「加賀白山詣」に「いぶり橋といふより山しろの温泉へ二里、山中の湯へ三里」と書いてあり、山中温泉へは動橋（加賀市動橋町）から行くのが普通だったようである。山代温泉から河南に出て、大聖寺川左岸と並行する山中道（国道３６４号）を南下し、中田―上原―塚谷を通り、芭蕉、曾良と、案内役として付いてきた小松出身の北枝の三人が山中温泉に着いたのは申《さる》の下刻（午後五時前後）だった。この日の行程は小松から六里余（約二十五キロ）となる。

□山中温泉の由来は

山中温泉は約千三百年前、奈良時代の僧、行基が薬師如来のお告げによって開湯したと伝わっている。戦乱によって荒廃した平安末期、一羽のシラサギが小さな流れで脚の傷を癒やしている姿を見た武将が湯治場として再興したという伝説も残っている。山中温泉は八百年前にはその名が全国に知られるようになっていた。

暑い時期に日本海沿いを四百キロ以上歩いてきた芭蕉は、旅の疲れから気分がすぐれないことがあった。曾良の体調もよくなく、山中温泉で長逗留《とうりゅう》し、旅の疲れを癒やしたかったのであろう。

芭蕉逗留泉屋の趾（1981 年）

□山中温泉、温泉宿湯本十二軒とは

山中村の家の数は一七〇一（元禄十四）年の記録では百四十二軒。このうち宿屋は四十二軒で、天保年間（一八三〇～四四）になっても、四十二軒という宿屋数は変わらない。芭蕉らの山中温泉滞在は泉屋（和泉屋）という宿で八泊に及んだ。泉屋は温泉草創期から宿を営む旧家「温泉宿湯本」十二軒の一つで、他の十一軒は町屋、蔵屋（後の柿屋）、出蔵屋、高屋、島屋、角屋、俵屋、扇子屋、糸屋、竹内屋、松屋（後の吉野家）と古い記録に残っている。また、一七一五（正徳五）年の『六用集』には「山中温泉略図」が載っている。

「山中温泉略図」には「湯ザヤ（総湯）を中心に東西南北四十二軒」とある。湯本十二軒のうち、一九六一（昭和三十六）年まで残っているのは扇子屋と俵屋の二軒のみ。扇子屋は芭蕉らが泊まった泉屋（和泉屋）の隣にあった湯宿で、俵屋は湯ザヤの周囲にあった。

山中温泉の一つの特徴に湯ザヤの発達がある。昔は露天風呂だった湯ザヤだが、一六二一（元和七）年には本格的な管理が行われたというから、芭蕉が滞在していたころには上湯、下湯、三番湯（瘡湯）の別が完備していたのではないかと思われる。

□元禄期の湯ザヤの湯賃は

元禄時代の湯ザヤ（総湯）の湯賃（入浴料）はよく分かっていない。時代が少し後の一七二五（享保十）年十二月の山中温泉湯ザヤ湯賃定めによると、①留湯（一廻り）八百文。②汲湯百六十文。③混浴百六十文―とある。「一廻り」とは五～八日間の滞在を指す。加えて湯女《ゆな》謝礼が必要で、留湯（一廻り）が二百文、汲湯が三十文、混浴が二十文となっている。芭蕉等の滞在は八日間なので一廻りとなる。一文は現在の十五円程度。山中節の歌詞に「薬師山から湯座屋を見れば獅子が髪結て身をやつす」の一節がある。獅子は湯女の異称。

□総湯「菊の湯」について

山中温泉の中心に総湯「菊の湯」がある。『加越能三州地理誌稿』（一九三四年刊）には当時の菊の湯について「温泉方盤広二丈、長四丈、深四尺、局分為三号、曰上湯下湯瘡湯、湯室横三間三尺、長七間」と記述している。温泉が傾き出ているのは、二丈（約六メートル）×四丈（約十二メートル）、探さ四尺（約一・二メートル）の所からで、そこから上湯、下湯、瘡湯の三つの浴槽に分配されてた。浴室は横約六・三メートル、縦約十二・六メートルだった。現「菊の湯」は一九九二（平成四）年に完成し、男湯だけであり、女湯は山中節の館「山中座」内にある。

□芭蕉らの山中温泉到着時の天候は

『曾良旅日記』には「二十七日　快晴。（中略）同晩　山中に申ノ下刻、着。泉屋久米之助方ニ宿ス。山ノ方、南ノ方ヨリ北へ夕立通ル。」とある。山中温泉についたのは申《さる》ノ下刻（午後五時前後）だった。総湯に面した泉屋久米之助に宿を取る。このとき、南の山の方から北の方へ夕立が通った。夕方、急に激しく大粒の雨が降ってくるのが夕立。しかし、すべてが洗い流された夕立の後、山中温泉は何ともいえない爽涼感、すがすがしさに包まれた。山中の湯は芭蕉を心身ともに癒やしてくれた。

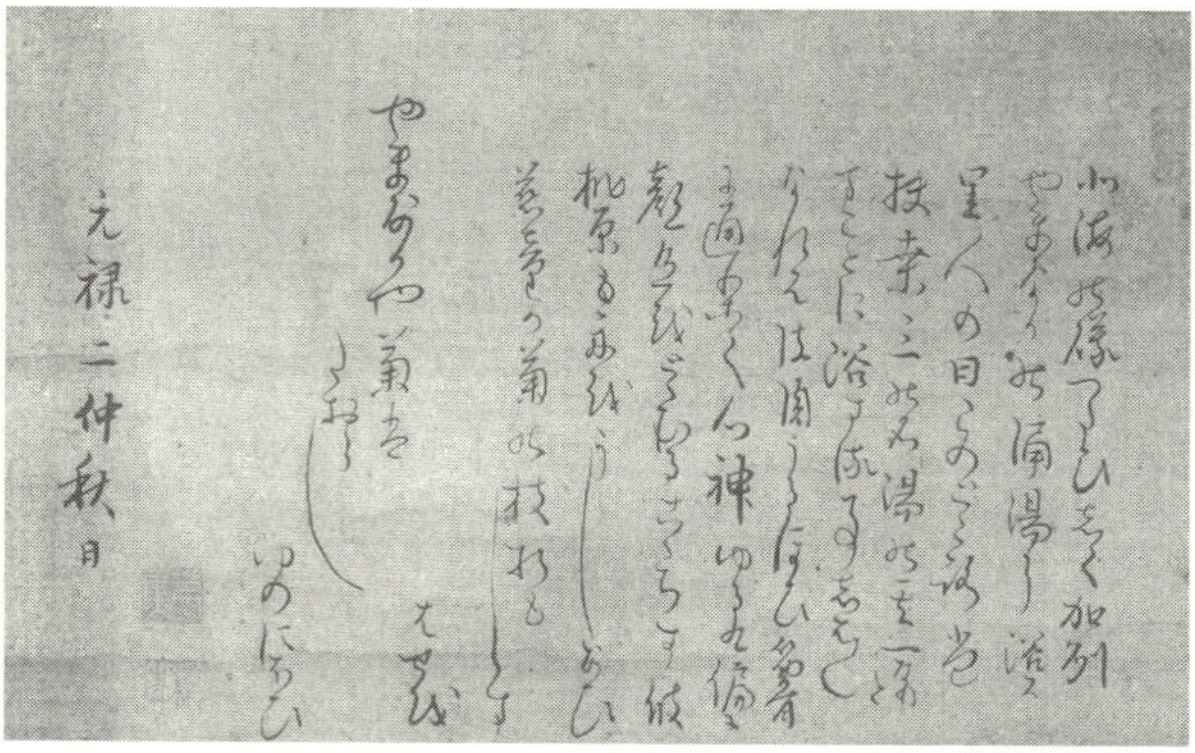

「やまなかや」句文懐紙（石川県立美術館所蔵）

□「山中や菊はたおらぬ湯の匂」の句意は

「山中温泉に入浴すると、湯の香も高く、寿命も伸びるような心地がする。キクは香りも良く、長寿延命の草花といわれているけれども、もうキクは手折る必要もなさそうである」との意。季語は「菊」（秋）。山中温泉を賛美した句で、地名を詠み込んであることから、あいさつの気持ちが強い。真蹟や『俳諧書留』によると、初案は「たおらじ」であった。行脚中に宿の主人久米之助に書き与えたこの句の前書に「慈童《じどう》が菊の枝折《しおり》もしらず」とあり、菊慈童の故事を踏まえていることは明らかである。菊慈童は周の穆王《ほくおう》の侍童。能作品にもなっている。菊慈童の話は『太平記』や謡曲『菊慈童』で有名。

□「やまなかや」句文懐紙（温泉頌）の内容は

「北海の磯づたひして、加州やまなかの涌湯《いでゆ》に浴ス。里人の曰《いわく》、このところは扶桑三の名湯の其一なりと。まことに浴する事しばしばなれば、皮肉うるほひ、筋骨に通りて、心神ゆるく、偏《ひとえ》に顔色をとどむるここちす。彼《かの》桃源も舟をうしなひ、慈童が菊の枝折《しおり》もしらず。やまなかや菊はたおらじ湯の

にほひ　はせを　元禄二仲秋日」（表装込み縦二六・四センチ、横四十二センチ）

芭蕉が山中温泉泉屋の若主人、久米之助に染筆して贈った。発句は『奥の細道』に中七を「菊はたおらぬ」と推敲して入集している。

□『曾良旅日記』による七月二十八、二十九日の様子は

『曾良旅日記』によると「二十八日　快晴。夕方、薬師堂其外町辺ヲ見ル。夜ニ入、雨降ル。」とある。二十八日（陽暦九月十一日）、快晴で曾良は病気療養。芭蕉は朝からゆっくり温泉に入り、旅の疲れを癒やしたことであろう。芭蕉は泉屋の主人久米之助の叔父自笑の案内で、夕方から温泉街西方の医王寺に参拝した。医王寺は昔から「お薬師」と呼ばれ、温泉守護仏として薬師如来を祀《まつ》っている。その後、温泉街を見て歩いた。夜になって雨が降る。

自笑は久米之助がまだ十四歳だったので、久米之助の後見役をしていたのである。

『曾良旅日記』には「二十九日快晴。道明淵、予、不往《ゆかず》。」とある。芭蕉は大聖寺川上流の鶴仙渓（こおろぎ橋から黒谷橋まで一・三キロにわたる渓谷）に、北枝とともに出掛けた。体調が悪い曾良は同行しなかった。芭蕉らは自笑の案内で、鶴仙渓中央部の道明ケ淵の景勝地に腰をおろした。昔、道明という僧のまな娘が、この淵で水遊びをしていて、蛟龍《こうりゅう》に襲われた。道明が淵に飛び込んで蛟龍を捕らえ、諭したところ、涙を流して罪を謝したという。自笑のユーモアに富んだ口調で話す伝説を芭蕉らは楽しく聞いたことであろう。

□大垣の俳人近藤如行宛の書簡は

芭蕉は二十九日、旧大垣藩士近藤如行宛に手紙を書いた。それには「いまほどかが（加賀）の山中の湯にあそび候。中秋四五日比《ごろ》奚元《ここもと》立申《たちもうし》候。つるが（敦賀）のあたり見めぐりて、名月、湖水かもしくはみの（美濃）にや入らむ。何《いづ》れ其前後其元《そこもと》へ立越可申《たちこえもうすべく》候。」と書かれている。

内容は近況と、八月四、五日に山中温泉を出発して敦賀あたりを散策し、名月は琵琶湖で見たいという今後の旅の予定を伝えている。如行は一六八四（貞享元）年十一月、旅中の芭蕉に入門した。

□『曾良旅日記』による七月三十日の様子は

『曾良旅日記』には「晦日《みそか》 快晴。道明が淵。」とある。前日に引き続き、芭蕉は道明ケ淵に出かけた。この淵は大聖寺川で最も深い淵といわれ、両岸には奇岩が突き出ており、長さ三間（約五・五メートル）の橋が架かっていたようだ。芭蕉は奇岩や滝、淵など、風情ある渓谷美を堪能したが、曾良も道明ケ淵を見学に行ったと思われる。

道明ケ淵の橋を渡ると、対岸に文久年間（一八六一〜六四）建立の「山中や菊は手折らじ湯のにほひ」の句碑がある。二〇一四（平成二十六）年三月、国名勝「おくのほそ道の風景地」として「道明が淵」が指定された。

芭蕉堂（山中温泉黒谷橋付近）

□「かがり火に」の句碑は

芭蕉はこおろぎ橋上流の高瀬で、近くの里人が漁火《いさりび》で魚を追っている光景に出会った。芭蕉がそれを詠んだ句「かがり火に河鹿や波の下むせび」の句碑が一八九八（明治三十一）年六月、こおろぎ橋のほとりに建立された。『卯辰集』には「山中十景　高瀬漁火　いさり火にかじかや波の下むせび　翁」とある。「高瀬の谷川で魚を獲るべく人々は漁火をたいているが、カジカは波の下で人知れずむせぶように泣いて泳いでいるのであろう」との意。季語は「かじか」で秋。カジカは漢字で「鰍」。渓流にすむハゼに似た硬骨魚。河鹿とは別。

□『曾良旅日記』による八月一日の様子は

『曾良旅日記』によると「八月一日　快晴。黒谷橋へ行《ゆく》」とある。快晴の日が続く。芭蕉は黒谷川（大聖寺川上流）に架かる黒谷橋付近へ行った。この橋は山中温泉から山越えして那谷寺方面に向かう道にあった。周辺は奇岩怪石の景勝地で芭蕉が平岩に座って渓流の音を

「子を抱て」の句碑

聞きながら「行脚のたのしみ為《これ》にあり」と手を打ちたたいて喜んだという。この逸話は句空が自笑から聞いた話として『俳諧草庵集』（一七〇〇年刊）に出ている。芭蕉らは奇岩怪石の間を流れる清流にアユやイワナが銀鱗《ぎんりん》を踊らせる自然の美を堪能した。

□「子を抱て」の句碑は

こおろぎ橋のほとりに「子を抱《だき》て湯の月のぞくましらかな」の句碑（一八八八年六月建立）がある。『卯辰集』には「山中の温泉にて」と前書きして詠んだ北枝の句。「子猿を抱いて山中温泉の湯つぼに映った月をのぞく猿であるよ」との意。季語は「月」で秋。このほか、北枝の句に「野田の山もとを伴ひありきて　翁にぞ蚊帳つり草を習ひける」がある。「野田のふもとを翁の伴をして歩いていて、カヤツリグサを習ったことだった」との意。季語は「蚊帳つり草」で夏。野田は金沢市内。芭蕉との親密な風交が述べられている。

□「紙鳶《たこ》きれて」の句碑について

黒谷橋のほとりに「紙鳶きれて白根ケ嶽を行方かな」（一九四三年建立）がある。『卯辰集』には「糸きれて蛸《たこ》はしら根を行衛哉　山中少人桃葉（妖）」とある。「空高く揚がっていた凧《たこ》の糸が切れて白根が獄のそびえる方向に飛んでいってしまった」との意。季語は「蛸（凧）」で春。句碑の「紙鳶きれて」の句はその改案か。「白根」は越の白根で白山のこと。桃葉（妖）が十五歳ごろの句。凧揚げを楽しんでいる様子が自然と伝わってくる。桃葉（妖）は山中温泉の湯屋、泉屋の主人久米之助の俳号で『猿蓑』『北の山』『続猿蓑』などに入集。

□『曾良旅日記』による八月二日の様子は

『曾良旅日記』によると「二日　快晴。」と天気しか記されていない。しかし、芭蕉は山中護持院（薬師寺）下の門前町あたりで土産物を買って、総湯の前を通り、泉屋では、それぞれの湯宿へ戻る湯治客を飽かず紅がら格子から眺めていたであろう。また、山中の俳人自笑（桃妖の叔父）は、当時桃妖が幼かったので後見役として〝泉屋のご隠居さん〟で通っていて、芭蕉らとも親交を深めていた。この日、小松の俳人塵生が早飛脚を使って、芭蕉のもとへ書状と入湯見舞いの乾うどん二箱を届けてきた。芭蕉はすぐに返書をしたためて送った。

□小松うどんについて

芭蕉は山中温泉で、小松の塵生から乾うどん二箱を受けとった。一六九四（元禄七）年に小松町奉行長瀬善右衛門から加賀藩台所奉行への書状に干しうどん注文（製造者・亀屋徳右衛門）の記述があり、加賀藩御用達の品として将軍家、大名家に贈られた。一八九七（明治三十）年ごろ、石川県で大衆的うどん屋を最初に開業したのは第二代小松市長和田伝四郎の叔父和田長平。屋号は「加登長」で小松停車場前にあった。その後、金沢周辺に広がった。一九〇五（明治三十八）年、三津野菊松が小松町西町で「中佐」を開業。小松うどんの名声を全国に知らしめている。

□塵生宛書簡ついて

小松俳人塵生宛書簡は八月二日付で出された。塵生が早飛脚を使い、書簡と見舞いの干しうどん二箱を芭蕉らに届けた際の返書である。「尚々、遠方御志之段不浅《あさからず》忝《かたじけなく》令存《ぞんじたてまつり》候。貴面御礼可申上《もうしあぐべく》候。以上。御飛礼《ひさつ》殊《こと》ニ珍敷《めずらしき》乾《ほし》うどん弐箱被贈下《おくりくだされ》、不浅《あさからざる》御志之義と忝《かたじけなく》存《ぞんじ》候事ニ候。如仰《おおせのごとく》此度者《このたびは》得御意《ぎょいをえ》、珍重ニ存候。此《この》地へ急ギ申《もうし》候故、御暇請《いとまごい》モ不申《もうさず》残念ニ存《ぞんじ》候。然者《しかれば》天神奉納発句之《の》義、得其意《そのいをえ》候。無別儀〔義〕御座《べちぎござなく》候。入湯仕舞《しまい》候ハバ、其元へ立寄申筈《たちよりもうすはず》ニ御座候間、其節之儀〔義〕ニ可被成《なさるべく》候。猶《なお》其節御礼可申伸《もうしのべべく》候条、不能詳《つまびらかなるあたわず》候。不宣。八月二日　塵生雅丈　廻酬《かいしゅう》」

（口語訳）遠方のところご丁寧な心遣い、まことにありがとうございます。お目にかかってお礼を申し上げるつもりです。以上。飛脚によって届けられた急ぎのお手紙をいただき、その上珍しい干しうどんを二箱贈ってくださって、まことにご丁寧なお心遣いとありがたく存じております。おっしゃるとおり、このたびはお目にかかってうれしく思います。この地へ急ぎましたので、いとま乞いもせず、残念に思います。ところで天神奉納の発句について、ご依頼の内容はわかりました。当方に異存はありません。山中温泉の湯治が終わりましたら、そちらへ立ち寄る予定になっていますので、奉納発句のご相談はその時になさってください。なおその時にお礼を申しますので、この書簡では詳しいことは省略します。不宣　八月二日　塵生雅丈　ご返事申し上げました。

この書簡は、塵生が当時珍しかったうどん二箱を添えて依頼した小松天満宮での発句奉納の件を芭蕉は承知したと書かれている。加南地方史研究会の山前圭佑は「もう一度、芭蕉に来てほしいという塵生の誠意をくみ取ったのだろう」と話している。

□塵生宛書簡は歓生宛ではないのか

結論から言えば、書簡は元来、歓生宛であったと思われる。書写に際して誤ったか、塵生（村井屋又三郎）が亭号（文人、芸人などの号）を歓水《かんすい》としていたことが原因で誤ったのではないかと考える。芭蕉の直筆の書簡は現存しておらず、残っている写しは曾良が代筆し、署名のみ芭蕉がしている。歓生は二十六日、芭蕉を自邸に招待し、五十韻の歌仙興行をした人であるから、芭蕉は丁重に返事をし、二十七日の出発に際し「暇請《いとまごい》」にも行けず「残念」と書いたのももっともである。

芭蕉が二十七日に小松を出発してしまうとは知らなかった歓生は、山中温泉泉屋に滞在していた芭蕉に手紙を送り、早飛脚で干しうどん二箱を届けた。だから芭蕉は丁重な書状を書いたのであろう。また、歓生は小松天満宮の近くに住んで連歌を学んでおり、小松天満宮への発句奉納を頼むのは自然である。一方、塵生は小松で歌仙興行を芭蕉と共にしただけなのになぜ、芭蕉は惜別のあいさつができなかったことを「残念ニ存候」と書くなど、丁重謹直な書簡を送ったのか。書簡を塵生宛とするのは疑問が多い。

□「桃の木の其の葉散らすな秋の風」の句意は

「今日から俳諧の道を歩もうとする若々しい桃妖よ。どうかその素晴らしい才能を伸ばして大成してほしい」との意。季語は「秋の風」（秋）。

芭蕉が宿泊した山中温泉の泉屋（和泉屋）の主人久米之助が十四歳の少年であるにもかかわらず、俳諧に志深く芭蕉に入門したので、桃妖という俳号を与えたおりの句。七月二十七日の作か。「其《そ》の葉」という表現から、上五の「桃の木」は「散らすな」に対して主格を構成しているのであろう。この句は「秋の風」に対する呼び掛けではなく、「桃の木＝桃妖」へ呼び掛ける発想になっている。

□『曾良旅日記』による八月三日の様子は

『曾良旅日記』によると「三日　雨折々降《ふる》。及暮《くれにおよび》、晴。山中故《さんちゅうゆえ》、月不得見《みることをえず》。夜中、降ル。」とある。三日は雨が降ったり、やんだりで、芭蕉らは病気がちの曾良を静養させた。芭蕉は夕暮れになって晴れたので、山中の俳人自笑の案内で山中十景見物をしたのかもしれない。ここは山の中なので月を見ることができない。夜になって再びあいにくの雨が降り出した。北枝は曾良が床に就くことが多いため、芭蕉と二人になる機会が増えていた。そして、どん欲に芭蕉に教えを乞うていた。

□俳論書『山中問答』とは

山中温泉で北枝は俳諧の上での疑問を芭蕉に質問する機会を得た。芭蕉の山中温泉での俳談を中心に北枝が書き留めたものが『山中問答』（俳諧論書、半紙本一冊）である。『山中問答』は「山中問答」と『附方自他伝《つけかたじたでん》』の二部からなる。後者は北枝が創意工夫したもので、後に芭蕉に閲を請うたとある。内容はまず蕉風の根本理念を説いて、不易流行に触れ「俳」「諧」の二字の用捨、道理と理屈、虚実、俗談平話、切れ字、発句以下面《おもて》八句と四の折の連句作法、さび、しをり、ほそみなどについて述べている。

「山中問答」の冒頭に「不易流行論」の神髄を語った一節がある。不易とは変わらないこと。流行とはその時々で変わる要素。「不易」は時代を超越して、永遠に変わらないことをいい、「流行」は時代に対応して流れ動くことを意味している。二つの性質は一見対立するように見えるが、その対立は一つのものを相反する視点からとらえた時の表面的なものにすぎない。両者が互いに分離し、対立し合っているものならば、俳諧芸術は生まれない。不易性と流行性が互いに調和し、統合しあってこそ、俳諧は芸術としての生命を獲得することができる。

□「山中温泉」の条②は

「曾良は腹を病《やみ》て、伊勢の国長嶋と云所《いふ》にゆかりあれば、先立《さきだち》て行《ゆく》に、行き行きてたふれ伏《ふす》とも萩の原　曾良　と書置《かきおき》たり。行ものの悲しみ、残《のこる》もののうらみ、隻鳧《せきふ》のわかれて雲にまよふがごとし。予も又、今日よりや書付《かきつけ》消さん笠の露」（『奥の細道』）。

この条の特色は金沢から体調を崩していた曾良が、芭蕉と別れ、伊勢長島へと先立っていく場面を描いている。直接的には旅の行程とは無関係で、挿話的な一話と判断できる。

現代語訳は今まで同行してくれていた曾良は、腹をいためて、伊勢の国・長島という所に縁者がいるので、そこを頼って一足先に出かけることになり、その際に「行き行きてたふれ伏とも萩の原　曾良」という句を書き残していった。行く者の悲しみ、あとに残る者のつらさ、あたかも李陵《りりょう》と蘇武《そぶ》の別離の詩にもあるように羽を並べて飛んでいた二羽のうち一羽のケリが、これまでの友と別れ、雲間に迷っている思いのようである。曾良が別れの句を詠んだので私も次の別れの句を詠んだ。「今日よりや書付消さん笠の露」となる。

□「行き行きてたふれ伏とも萩の原」の句意は

「今、自分は病気のために懐かしい師と別れ、ひとり旅立つことになりました。自分の今の身体では、旅を重ねている間に、どこかで倒れ伏すかもしれません。しかし、たとえ野たれ死にしようとも、今はハギの時節、美しいハギの原であろうから、風雅を志す自分としては思い残すことはありません。師よ、ご心配には及びません」との意。季語は「萩」で秋。初案の上五は「いづくにか」で、西行の「いづくにか眠り眠りてたふれふさんと思ふ悲しき道芝の露」(『山家集』)によったことは明らかである。「萩」と「たふれ伏」は縁語。

□「今日よりや書付消さん笠の露」の句意は

「これまでは笠に「同行《どうぎょう》二人」と書き付けて旅を続けてきたが、今日からは独りぼっちの旅になる。これは仕方がないこと。「同行二人」の文字を笠に置いた露で消してしまおう。本当に人生は会者定離(出会ったものは必ず別れる運命にある)。笠の上に置く露のようにはかないものだ」との意。季語は「露」で秋。「書付」は巡礼者が笠に書き付けた「乾坤《けんこん》無住、同行二人」(天地の間にとどまることはなく、仏と我と一体になって旅をする)という文字。本来、仏と自分の二人の意であるが、転じて自分と同伴者の意に用いた。

□『曾良旅日記』による八月四日の様子は

『曾良旅日記』には「四日　朝雨止《やむ》。巳ノ刻、又降《ふりて》而止。夜二入《いり》、降ル。」とある。八月四日(陽暦九月十七日)朝、雨が止んだが、午前九時半ごろにまた降りだし、止んだ。夜になって、また降りだした。このころ、病気がちな曾良は、かえって芭蕉の世話になることを心配し、一足先に伊勢に旅立つ決意をしていたようだ。北枝、曾良、芭蕉の三人による餞別《せんべつ》三吟歌仙（『卯辰集』）はこの日の興行だろう。有名な「山中三吟」で、芭蕉の連句研究上、貴重な資料として高く評価されている。

□曾良との別れ三吟歌仙は

北枝、曾良、芭蕉の三吟歌仙（三十六句）は山中で満尾せず、曾良の句は二十句目で時間切れとなり、以降は北枝が松岡（福井県）で芭蕉と別れるまでに満尾したと思われる。添削前の作品「やまなかしう」（播磨の俳人可大が北枝の草稿を入手し、一八三九（天保十）年刊）と添削後の作品『卯辰集』があるが、ここでは『卯辰集』から二十句を紹介する。詞書には「元禄二の秋、翁をおくりて山中温泉に遊ぶ　三両吟」とある。名残の表二句までは三吟で、病気のため芭蕉に先行した曾良餞別として巻かれたものである。

①北枝の発句「馬かりて燕追行《おひゆ》くわかれかな」（解釈＝以下解）南へ帰っていく燕《つばめ》を追いながら、馬の背に病身を託していくあなたを見送る慌ただしい別れですね。

②曾良「花野みだるる山の曲《まがり》め」（解）すそ野に千草の咲き乱れる向こうの山の曲がり角を過ぎたら、皆さんの姿も望めないでしょう。私の心も乱れます。

③翁（芭蕉）「月よしと相撲に袴踏《はかまふみ》ぬぎて」（解）今宵は月がすばらしいと、袴を足で踏み脱いで相撲の取り組みにかかった。

④北枝「鞘《さや》ばしりしをやがてとめけり」（解）何かのはずみに刀が鞘走ったのをすぐに止めて元に戻した。

⑤曾良「青淵《せいえん》に獺《ウソ》の飛込《とびこむ》水の音」（解）川の深い淵にカワウソが飛び込んだ水の音が響いた。

⑥翁「柴かりこかす峰の笹道」（解）刈り取った柴を結わえて峰の笹道を転がし落とす。

⑦北枝「霞降《あられふる》左の山は菅《すげ》の寺」（解）霰《あられ》の降る左手の山は菅の寺である。

⑧曾良「遊女四五人田舎わたらひ」（解）遊女四、五人連れの田舎回りの旅である。

⑨翁「落書《らくがき》に恋しき君が名も有て」（解）安宿の壁の落書きに恋しい殿御の名前を見つけて。

⑩北枝「髪はそらねど魚《うお》くはぬ也」（解）髪を剃《そ》って出家しているわけではないが、魚はいっさい食べずに精進していることだ。

⑪曾良「蓮の糸とるも中なか罪ふかき」（解）信心のためとはいえ、蓮の糸をとるのも、植物の命を損なうことで、かえって罪深いことである。

⑫翁「先祖の貧《ひん》をつたへたる門《もん》」（解）先祖以来の清貧を伝えている家門である。

⑬北枝「有明《ありあけ》の祭の上座《じょうざ》かたくなし」（解）有明月の下での村の祭事に上座に座っているこの家の主は、昔通りのしきたりをかたくなに守っている。

⑭曾良「露まづ払ふ猟《かり》の弓竹」（解）狩猟の弓用の竹を切ろうと、あたりの朝露をはらう。祭事に関係あるものとして弓を連想し、また、厳粛清爽な気分で応じた。

⑮翁「秋風は物いはぬ子も涙にて」（解）秋風のあわれは物をいわない子も感じ取って目には涙を

浮かべている。

⑯北枝「白きたもとの続く葬礼」（解）白衣の人たちの続くお弔いである。

⑰曾良「花の香は古き都の町作り」（解）古くから花の香を漂わせている古い都の町並み。

⑱翁「春を残せる玄仍《げんじょう》の箱」春も末、風雅の花を残し留めた玄仍の箱が伝えられている。

⑱北枝「長閑《のどか》さやしらら難波《なには》の貝づくし」のどかなことよ。白良や難波の海岸のさまざまな貝を描いた箱の絵模様。

⑳曾良「銀の小鍋に出《いだ》す芹焼《せりやき》」（解）銀の小鍋に入れ、客に出す雅趣あるせり焼きの料理。

㉑翁「手枕《てまくら》にしとねのはこり打払《うちはらい》」（解）手枕をして横になり、敷物のほこりを軽くはらった。

芭蕉は③「月よしと相撲に袴踏ぬぎて」と詠んでいる。②「花野みだるる山の曲め」を相撲の場として考え、「踏ぬぎて」と応じた動きのある句を付けて、脇句までの惜別の感を一転させた。芭蕉ははじめ「月はるる」としたが、勢い込んだ気分を出すために「月よしと」に改めた。③で芭蕉は鮮やかに新しい場面を開いている。

□芭蕉と曾良の別れの場面の石像はどこにあるのか

山中温泉の「芭蕉の館」前には芭蕉と曾良の別れの場面を描いた石像がある。石像は白御影石製で高さ一・二《メートル》、幅五《メートル》。俳人与謝蕪村の『奥の細道画巻』を基に曾良は手をついて芭蕉にいとまを告げ、対座した芭蕉がその礼を受けている姿を表わしている。芭蕉は一六八九（元禄二）年七月二十七日から八月五日まで、曾良と山中温泉に滞在したが、病気がちの曾良は芭蕉と別れて一人で伊勢に行くことに。別れに際し、曾良は「行き行きてたふれ伏とも萩の原」、芭蕉は「今日よりや書付消さん笠の露」の句を残した。石像は二〇〇二（平成十四）年に完成した。

芭蕉と曾良の別れ（逸翁美術館所蔵）

□芭蕉と曾良の別れ絵図はどこにあるのか

『奥の細道』三百年を記念して建立した碑が一九八九（平成一）年十月二十八日、山中温泉「泉屋」跡地の北国銀行山中支店前に設置され、現在、「芭蕉の館」前に建っている。赤御影石製で高さ一・六メートル、幅二・三メートル。つやを落とした自然石風で、芭蕉とまな弟子曾良の別れを描いた縦六十一センチ、横一メートルの陶パネルがはめ込んであるほか、芭蕉が山中温泉をたたえて詠んだ「やまなかや菊はたおらじ湯のにほひ」の句を含む直筆「やまなかや」句文懐紙（温泉頌）が刻んである。

□芭蕉が泉屋（和泉屋）で染筆したのは何点なのか

『芭蕉翁発句掛物伝来』（嘉永五〈一八五二〉年）によると、芭蕉が泉屋滞在中に染筆（書画をかくこと）したのは、

①桃の木の其葉散らすな秋の風（掛け軸）。
②古池や蛙飛込む水の音（色紙）。
③白菊やめにたててみる塵もなし（色紙）。
④「わせのかや」「やまなかや」発句詠草（掛け軸）。「やまなかや菊はたおらじゆのにはひ」（表装込み縦四十二センチ、横三十センチも含む。
⑤「やまなかや」句文懐紙。
⑥山中十景高瀬漁火　いさり火にかじかや波の下むせび（色紙）
⑦「やまなかや」色紙―の七点。

いずれも丁寧に書かれているのは、山中温泉にゆっくりとした滞在だったからであろう。

□八月五、六日の曾良の様子は

『曾良旅日記』は曾良が旅の様子を記した自筆のメモで書名はないが、一九四三（昭和十八）年七月、山本安三郎の『奥の細道随行日記』により全貌が世に紹介された。「奥の細道行脚『曾良日記』を読む」によると「五日　朝曇。昼時分、翁・北枝・那谷へ趣《おもむく》。明日、於小松ニ、生駒万子

為出会也《しゅっかいのためなり》。順従シテ帰テ、艮（即）刻、立。大正侍《だいしょうじ》ニ趣。全昌寺へ申《さるの》刻着、宿。夜中、雨降ル。六日、雨降ル。滞留。未《ひつじ》ノ刻、止。菅生石（敷地卜云）天神拝。将監・湛照、了山。」と記してある。

曾良は木戸門をくぐり、黒谷橋まで芭蕉、北枝、桃妖らと一緒に行き、見送って宿に帰った。秋空の雲行きを心配しながら、山中道（山中温泉道）の塚谷、土谷、長谷田、中田、二天、河南、黒瀬、吸坂、南郷をへて大聖寺に至る二里半の道を歩いた。大聖寺城下の全昌寺（加賀市大聖寺神明町）には午後四時ごろ到着した。この日、夜になって雨が降った。六日も雨。滞留しなければならないほどの雨だった。しかし、午後一時四十五分前後に雨が止んだので、菅生石部神社（加賀市大聖寺天神下町）を参拝し、この日も全昌寺に泊まった。

□『曾良旅日記』による五日の「謎三記号」

『曾良旅日記』に「五日　朝曇。昼時分、翁・北枝、那谷へ趣。明日、於小松ニ、生駒万子為出会也。⬚◫則請ジテ帰テ即刻立」と記す書（『詳考奥の細道』『校本芭蕉全集』）もある。山中温泉に八日間滞在したのち、腹を病んでいる曾良は一人で先に伊勢の長島へ行くことになり、芭蕉と北枝は明日生駒万子に会うために一旦小松へ引き返すことになり、曾良とはここで別れることになった。旅の費用・餞別を管理していた曾良が芭蕉らとの別れに臨んでの□⬚◫謎の三記号がみられる。この記号は金子以外に考えられない。◫を二歩、つまり一両の二分の一、▯を一両と考えたのは、◫が二分の一の形にふさわしいからである。今日のお金で一両が十万円といわれている。

□全昌寺と山中温泉・泉屋の関係は

『曾良旅日記』に出てくる「将監・湛照、了山」という人物は不詳だが、曾良の『俳諧書留』に「全昌寺湛澄師・白印・湛照・江戸白泉寺了山」と書かれた箇所がある。全昌寺資料『世代留帳』（一五七三）、『由来帳』（一八七三）などによると、「一世　輝雲鱗台《きうんりんたい》和尚　二世　盛岩和尚　三世　白湛《はくたん》和尚　寛文元年十月二十四日入寺し元禄十年九月十日示寂。四世　清和尚（高岳和尚）五世月印和尚　享保十八年十一月六日入寺し延享三年十一月十八日示寂。」とある。五世の月印《げついん》和尚は山中温泉・泉屋の生まれ。全昌寺は泉屋の菩提寺である。

『山中温泉縁起絵巻』（加賀市文化財）を所蔵する医王寺境内に月印和尚の墓があり「全昌五世月印澄大和尚　□□□□□主」と刻まれている。以上の資料から芭蕉と曾良が宿泊した時の全昌寺住職は三世白湛和尚とわかる。全昌寺は芭蕉らが山中温泉で滞在した泉屋の菩提寺で、芭蕉らは大聖寺（大正侍）に行ったら、この寺に泊まるよう添え状をもらっていた。なお医王寺境内の泉屋累代墓域には久米之助（一七五二年十二月二十九日没、享年七十六歳）の戒名「周孝桃妖居士」と久米之助の妻の戒名「梵海潮音大姉」を刻んだ墓碑が今も残る。

□山中温泉の桃妖《とうよう》供養祭は

芭蕉が山中温泉滞在中に宿泊した泉屋の主人で、芭蕉の弟子でもあった桃妖の供養祭が九月十日、医王寺で営まれた。毎年営まれ、二〇一五年（平成二十七）年は山中温泉観光協会や旅館協同組合の役員ら十五人が参列。鹿野恭弘住職の読経に合わせて焼香し、冥福を祈った。協会の上口昌徳会長は「芭蕉と桃妖のつながりは後世に当時の山中温泉のことを伝えてくれ、非常に重要。桃妖を山中温泉の先祖として供養したい」とあいさつした。同十九日には山中温泉芭蕉の館で朗読会「おくの細道異聞『凧《たこ》のゆくえ』泉屋桃妖物語」も開かれた。

□『曾良旅日記』による芭蕉は那谷寺へ

『曾良旅日記』によると「五日　朝曇。昼時分、翁・北枝、那谷へ趣。明日、於小松ニ《こまつにおいて》、生駒万子為出会也《しゅっかいのためなり》。」とある。八月五日（陽暦九月十八日）、朝のうちはくもり。八泊九日にわたって山中温泉で旅の疲れを癒やした芭蕉は昼ごろ、泉屋（和泉屋）の久米之助（桃妖）に「湯の名残《なごり》今宵は肌の寒からむ」との留別の句を贈った。「長く滞在した山中温泉を後にし、再び旅に出るが、名残は尽きない。湯宿で心温まるもてなしを受けた後なので、今晩の宿ではさだめし肌寒さが感じられるであろう」との意。季語は「肌寒」で秋。

曾良と別れた芭蕉らの行程は不明だが、芭蕉から留別句を受けた久米之助（桃妖）は芭蕉と別れがたく、那谷寺まで道案内をした。（『山中集』）。小松から山中温泉に来た道と違って、黒谷橋を渡り、四十九院を経て那谷寺に向かう。「那谷の観音は湯本より三里ばかりの道なり」（『山中集』）といわれ、四十九院、塔尾、柏野、水田丸、横北、勅使、栄谷と続く往来道。紅葉し始めた鞍掛山などは美

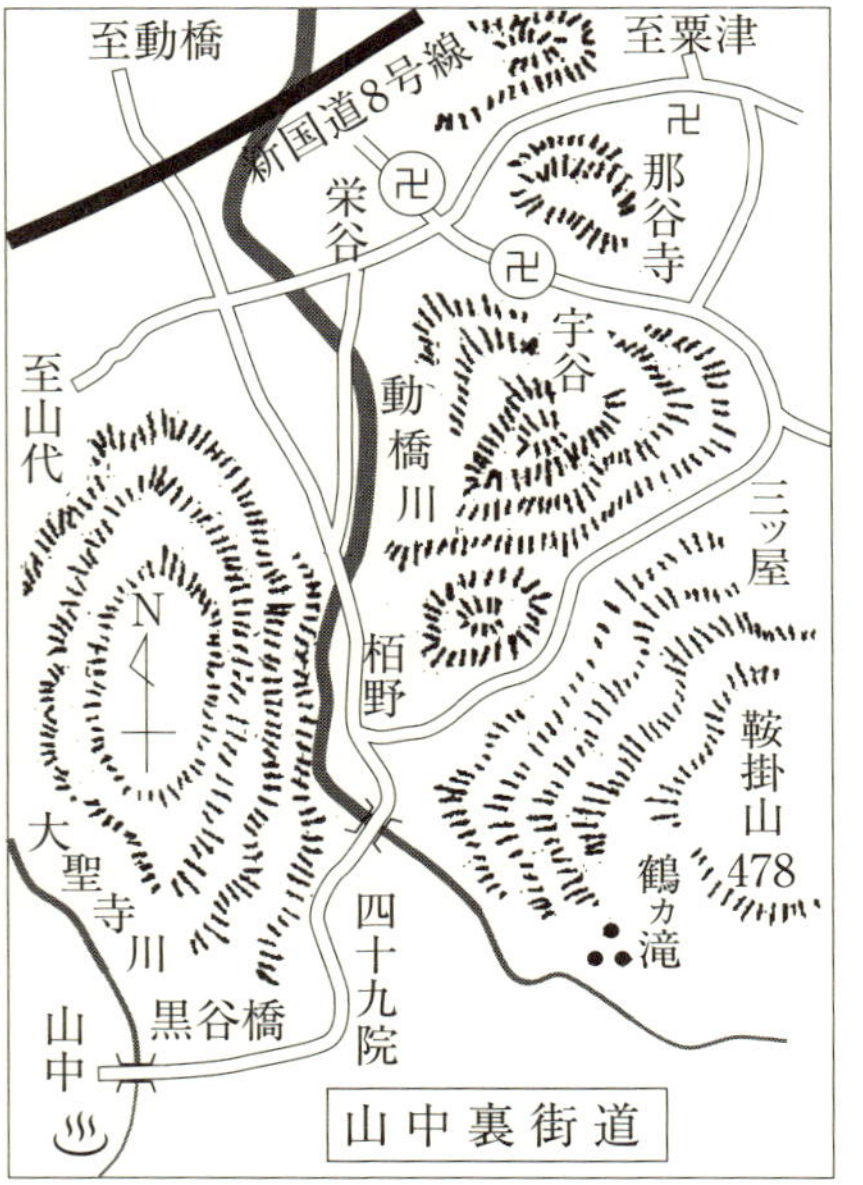

山中裏街道（山中温泉から那谷寺）

しい。江戸を発って百二十六日目にして芭蕉は曾良と同行できない無念さでいっぱいだったろう。那谷寺到着は午後三時前だった。

□「芭蕉の館」について

「芭蕉の館」は二〇〇四（平成十六）年十一月六日に開館した。建物は土蔵造り二階建てで総床面積五百六十五平方メートル。旧山中町（現加賀市）が古民家を買収し、改修した。総事業費は一億八千三百万円。一階には山中漆器の人間国宝、川北良造さんの作品展示室や広間、茶室、二階には芭蕉と、芭蕉から号を贈られた山中温泉の旅宿主人で俳人の桃妖の資料室がある。芭蕉真筆の掛け軸や芭蕉像、扁額《へんがく》など多くの俳諧資料を展示。古俳書展示には『奥の細道』に関連する資料も展示されている。

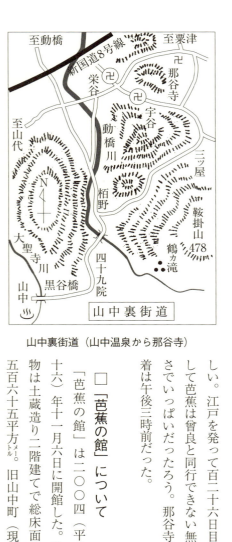

□「芭蕉の館」の事業活動は

「芭蕉の館」は、研究事業として中村逸丸（涌酉）『和歌・俳諧・発句聞書集』を二〇一〇（平成二十二）年九月に刊行した。二〇一五（平成二十七）年八月には、金沢三文豪といわれる泉鏡花、徳田秋声、室生犀星が詠みしたためた俳句短冊など二十点を紹介する企画展を開催すると、同時に千代女と珈涼の俳句が書かれた掛け軸三点も展示。同年七月二十七日には講演会「もっと知りたい山中温泉」を開催し、約四十人が山中温泉の歴史への理解を深めた。また、十月二十八日は筆者の案内で芭蕉の足跡を訪ねる「小松・鶴来周辺俳諧探訪」を実施した。

□高校生からの質問―「山中」の条―

質問（以下Q）「風雅に辱しめられて」でだれがだれに「辱しめられ」たのか？

解答（以下A）貞室が久米之助の父に

Q「山中や」の句で菊をたおらぬとはどういうことを述べようとしているのか？

A山中温泉の香りが高く、延命効果もあるといわれるので、香りが良く、命を延ばすという菊を手折るには及ばないということ。


Q「菊は」の「は」はどんな意味を表現しているのか？

A山中温泉の湯の香りは高く、寿命が延びる。だから香り高く、延命に良いといわれている「菊は」と、特に区別し、強調している表現になっている。


Q「山中や」の句で「たおらじ」と「たおらぬ」はどう違うのか？

A「たおらじ」より「たおらぬ」の方が語感に柔らかみがある。

Q「今更むかし語とはなりぬ」の文には芭蕉らしい考え方が表われているが、それはどんなことか？

A泉屋の主人久米之助に心ひかれ、その将来を特に祝福したい芭蕉の心もちが表われている。

Q「あるじとする物は」と特記している理由は？

A　自分が泊まっている宿屋の主人だから。

Q「判詞の料」とは？

A　句を添削したり、優劣を批判することを判詞という。「判詞の料」その謝礼を指す。

Q「行き行きて」の句に作者のどのような覚悟が示されているか？

A　風雅を求める旅先で、しかも美しい自然の中で死ぬのは本望であるという覚悟。

Q「行《ゆ》くもの」「残るもの」はそれぞれ誰を指すか？

A「行もの」は曾良、「残るもの」は芭蕉を指す。

Q「かれが父」について教えて？

A　彼は久米之助のこと。久米之助の父、又兵衛豊連は一六七九（延宝七）年九月十三日没。ただし、京都の貞室とのエピソードが事実であったとすると、久米之助の祖父、又兵衛景連（一六六七年没）のことであったと思われる。

☆再び小松

□那谷寺から小松への道は

一六八〇（延宝八）年、矢田野用水の突貫作業で住民が夜を徹して駆り立てられた那谷は「府城より三里、上下二村有。一五〇軒家数。二百八十三人」と『江戸志稿』（一九五六年刊）にあるが、村内の那谷寺は一六四〇（寛永十七）年、加賀藩が再興し、相当の寺領が与えられ、現在以上に荘厳なものであったと考えられる。芭蕉と北枝は山中温泉の引き返す桃妖と別れ、那谷道（那谷往来、杉の木街道）と粟津道をへて、小松に向かって歩いた。杉木の一本道なので間違いはなかったろう。那谷道は寛永十九年、前田利常公が那谷寺再興後に整備した道路である。

□芭蕉が小松に引き返した理由は

八月二日（陽暦九月十五日）山中温泉から小松の塵生に宛てた芭蕉の書簡は干しうどんの礼を述べ、入湯を終えた後、小松を再訪する予定に触れている。「天神奉納発句の儀、得其意《そのいをえ》候。無別義御《べつぎござ》座《なく》候。（小松天神に発句を奉納するお考えは承知いたしました。当方もそれで差し支えありません）」と書かれた部分がその理由である。小松の俳人塵生から小松天満宮に一句奉納してほしいと頼まれ、異議なく承諾した言葉である。小松天満宮への奉納は、新たに歌仙を巻き、それを奉納するということだろう。

□芭蕉らの小松再訪の滞在日数は

八月五日、曾良が山中温泉で芭蕉と別れて西に旅立ち、芭蕉は北枝らと「明日、生駒万子為出会也」（『曾良旅日記』）を理由に再び小松に向かった。これ以後『曾良旅日記』に芭蕉の行動は一切記されていない。だから、芭蕉が小松再訪で何日滞在したかはわからない。三泊とみるのが妥当ではないか。『奥の細道』に「曾良も前の夜、此寺に泊て」とあり、これが事実を記したものならば、芭蕉が全昌寺に泊まったのは八月七日だが、その通り信じてよいのかは疑問が残る。他の資料から芭蕉の行程を推測していくしかない。

小松天満宮

□小松に再訪した芭蕉の宿泊先は

『曾良旅日記』に「五日、朝曇。昼時分、翁、北枝、那谷へ趣《おもむく》。明日、於小松ニ《こまつにおいて》、生駒万子為出会也《しゅつかいのため》。」とある。芭蕉らは那谷寺─二ツ梨─矢田野─符津─今江を通って小松に向かった。距離は三里（約十二キロ）で小松着は午後六時ごろ（日没は午後五時五十三分）だろう。普通の旅人は遅くなると良い部屋に案内されないので、旅籠には早めに着くのが常識だった。日没ごろに小松に到著したということから、芭蕉の宿泊先（民家か寺院）は決まっていたと思われる。

芭蕉らが小松のどこに宿泊したかは不明である。『加賀路の芭蕉』（一九六二）には「『石山の』の作品の短冊は、現在小松市三日市、酒造業関戸甚右衛門氏が所蔵している。それは八月五日に那谷寺から小松の塵生宅へ着いたあと一句を所望され、そばにあった割りばしの包み紙をひろげ、矢立てをとってさらさらと書いた」「五日夕、再び草鞋《わらじ》を小松で脱いだところは恐らく西町の村井塵生（任田屋）宅であっただろう」と書いてある。宿泊先に建聖寺、龍昌寺、塵生宅、歓生宅を挙げる研究者は多い。

小松郷土史の会の後藤朗会長は「『奥の細道』小松における芭蕉の句についての一考察」（「加南地方史研究」）で「芭蕉翁が『建聖寺』にその杖を留めた、という伝承はむしろ八月になって翁が二度目に小松を訪れた際のこと、と考えるべきだと思う」とした。建聖寺は連歌会の興行場所でもあり、「しほらしき」の句碑、「翁塚」「はせを留杖ノ地」の石柱がある。筆者は能順《のうじゅん》の高弟で七月二十六日『奥の細道』中最大の興行五十韻の句会場所、堤歓生（小松俳壇の重鎮、町年寄）宅で芭蕉らは八月に宿泊したと考える。

□芭蕉はなぜ金沢で万子に会わなかったのか

芭蕉の金沢滞在中、芭蕉に私淑していたと思われる万子の名が『曾良旅日記』や『俳諧秋扇録《しゅうせんろく》』

などに出てこないのはなぜか。芭蕉の金沢逗留二日目（十六日）に卯辰観音山の一部が崩落した。「金沢観音山崩る。崩るるとき石火矢の如く響き浅野川に百間に六十間余の島が出来、乞食三名が圧死した」（『参議公年表』）とある大きな崩落事故だった。当時、加賀藩に馬廻組として勤めていた三十五歳の万子は見廻りや復旧などの公務に多忙を極めていたため、せっかく金沢にいた芭蕉との面談の機会を持つことができなかったのではないかと推測される。

□俳人万子の素顔は

生駒万子は一六五四（承応三）年、金沢生まれ。本名は生駒重信。通称、伝吉、藤九郎、のちに万兵衛。別号、此君庵、水国亭、亀巣。祖父直勝は織田信長に近侍し、後、豊臣秀次、織田信雄（信長の二男）に仕えて四千五百石を得る。父の八郎右衛門は直勝の二男で前田利長に仕え、千石を受けた。一六六六（寛文六）年、八郎右衛門が没し、万子が家督を相続。加賀藩士になり、十七歳で奥小姓組（禄高八百石）、十九歳で千石加増を受けた（一石は約六万七千円）。二十五歳の時に馬廻組、四十九歳で普請奉行になった。一七一九（享保四）年、六十五歳で死去。

□芭蕉と万子の関係は

万子は加賀藩士族で、しかも千石の高禄（千石扶持）武士。また、約百八十句詠む俳人としての活躍と同時に江戸期の加賀俳壇の経済的支援者である。芭蕉と曽良は金沢来訪以前から万子の名前と地位は知っていた。万子は加賀での俳席や、そこで巻かれた歌仙・半歌仙・世吉・五十韻などには全く現われてこない。芭蕉と万子の関係は、八月五日に芭蕉が万子に会うためにわざわざ山中温泉から小松に引き返していること、万子に紹介されて連歌師能順を訪ねていることが注目される。また、『俳諧世説』『俳家奇人談』『芭蕉翁頭陀物語』が伝える芭蕉と万子との関係話は有名である。

□俳人北枝の素顔は

北枝は生年不詳、一七一八(享保三)年五月十二日没。姓は立花氏(土井氏とも)。通称、研屋源四郎。別号、鳥(趙)翠台、寿夭軒。小松生まれ、のち金沢に住む。兄牧童とともに刀研ぎを職として、談林俳諧に親しむ。一六八九(元禄二)年、金沢に来た芭蕉に入門。俳諧への情熱から芭蕉の旅に越前国松岡(現福井県永平寺町)まで随行した。山中温泉で芭蕉、北枝、曾良が巻いた『山中三吟』は特に名高い。北枝は芭蕉の添削校正の跡も記していて、今日に至るまで俳諧連句の規範となっている。一六九一(元禄四)年刊行の『卯辰集』(編者)は北陸における蕉門俳書の嚆矢《こうし》となった。

□八月六日、北枝はなぜ金沢にもどったのか

北枝が芭蕉に同行して加賀から越前に行くには大聖寺関所を通らなければならない。関所には柵門(番所)があり、常時、足軽二十人が警戒。夜間の通行は禁止されていた。柵門を通るには出判(通行手形)が必要なため、北枝は八月六日早朝に小松を出発し、町奉行の代行として出判を発行する金

沢の手判問屋へ向かった。旅人は判賃を払って、生国、住所、氏名、性別、人数、目的地を申請。出判を受け、加賀を出国する時に提出する。北枝は手判問屋で書類を整え、芭蕉が待つ小松に同日夜、戻った。判賃は江戸後期で一人三十五文（一文は現在の十五円程度）。

□連歌師能順の素顔は

能順像（『俳人百家撰』1855）

能順（一六二八～一七〇六）は京都の北野天満宮上乗坊生まれ。一六五七（明暦三）年、小松郊外の梯村に小松天満宮が造営された際、北野天満宮から能順が別当職として招かれ、禄を給された。梯村梅林院に住み、京都へも行き来した。連歌が得意で、加賀藩に連歌が盛んになったのは能順に負うところが大きい。江戸時代の連歌界の第一人者。一六八九（元禄二）年、芭蕉が『奥の細道』行脚中、万子の仲介で能順と歓談する中で、小松天満宮に発句を奉納する予定だったが、実現しなかったという秘話がある。編著に『聯玉集』ほか。

□能順と芭蕉の会見内容は

能順は歓生（亨子）、万子とは知人関係。『聯玉集』（能順の遺詠発句集）に「生駒重信（万子）の庭に竹深く水流るに」とあることから、能順は金沢の万子邸を訪れている。また、一七一九（享保四）年、万子の死を悼み、歓生は「香に触し袖や露のみ露の雨」と詠んでいる（『新梅の雫』）。このような人間関係から、芭蕉が能順に会いたいと言えば、万子や歓生の紹介で会えたようである。一六八九（元禄二）年八月六日、芭蕉は万子に伴われて小松天満宮の梅林院に能順を訪ねた。この日は午後三時ごろまで雨が降っていた。

『俳諧耳底記《じてい》』（俳諧論書、刊行年代不明）の記述を口語訳する。「連（歌）俳（諧）の違いは句に姿を付けるか、付けないかの違いである。俳諧は句に姿を付けることを必要とする。加賀の国で連歌師（能順）が詠んだ句『秋風は薄《すすき》吹き散る夕べかな』を翁（芭蕉）は『秋風に薄吹き散る夕べかな』と直した。秋風『は』だと姿がなく、秋風『に』とすると姿がある。姿がないと情も定まらない。情は詞を殺し、詞は情を殺すという教えである。風体のみにこだわると情を失い、情に陥る時は体を失う。この所が大切である」と述べた。

『とはじぐさ』（俳諧論書、建部綾足著、一七七〇年刊）は次のような挿話を伝える。芭蕉と万子が小松天満宮の能順を訪ねた。芭蕉が能順の連歌「秋風は薄《すすき》うち敷くゆふべ哉」を聞いて、落涙して感動したことを能順に語ったところ、能順が何という句かと尋ねた。芭蕉が「秋風に薄うち散るゆふべ哉」だと答えると、能順はもう一度聞き出した上で「君は世間の評判で聞くほどではなく、案外言葉の知識に暗い人だ」といって席を立ってしまった。そこに能順のそばに仕える若者が来て、能順がどうして怒ったのかを聞いた。

能順は秋風『に』ではなく「秋風『は』」でないと「詞《ことば》のつづきも句のまとまりも良くない」とし、「秋風『に』」と誤って覚えていた芭蕉のことを怒っていたのだ。翌日、芭蕉は終日考えて「秋風『は』」の方が良いと理解した。この話の背景には、京都の北野天満宮の宮仕上乗坊上大路家という名門の出で、芭蕉より年上の能順の自尊心があったのだろう。この話は建部綾足が能順の孫から直接聞いたという。「とはじぐさ」は芭蕉と能順の会見から八十年余をへた後に書かれているので、真贋《しんがん》はよく分からない。

□能順の墓の所在地は

小松天満宮初代別当職社僧、能順は「彼ノ国にまち迎るや花の春」の一吟を遺し、一七〇六（宝永三）年十一月二十八日、小松梅林院で七十九歳の生涯を閉じた。亡きがらは能順が月次連歌会を催していた浄土宗籠渓山誓円寺（小松市西町）に葬られ、境内には梅林院（小松天満宮）能順一族の墓がある。能順の墓碑は僧侶の墓らしく無縫塔の石碑で法名「最蓮社勝誉法橋能順大徳」が刻まれている。一八五五（安政二）年の百五十回忌にあたり〝観月院賜法印権大僧都能順大和尚位〟号が宮中から追贈された。（『加能俳諧史』）

□「あなむざんやな」三十六歌仙興行の内容は

八月六日（陽暦九月十九日）に芭蕉が多太神社に奉納した「あなむざんやな冑《かぶと》の下のきりぎりす」の発句に亭子（歓生）が脇句を付け、鼓蟾《こせん》（山王神社神主藤村伊豆守章重）も加わって三吟歌仙一巻を興行している。発句の季語は「きりぎりす」で秋。脇は発句に打ち添えて、実盛討ち死にの哀れさを強調する。第三は渡守の夜なべの仕事を付けるが、小屋の外は霜の秋草、渡守は白髪の老人なのであろう。三十六歌仙興行の最初の十八句をこれから紹介していく。なお、歌仙には北枝、万子、塵生は加わっていない。

①芭蕉の発句「あなむざんやな冑《かぶと》の下のきりぎりす」（解説＝以下）なんと痛ましいことか。冑を見ていると実盛がしのばれるが、今はその冑の下でコオロギが哀れげに鳴いている。

②亭子《きょうし》「ちからも枯し霜の秋草」（解）霜の秋草も枯れて、力なく弱々しいと、実盛討ち死の哀れさを添えた。

③鼓蟾「渡し守綱よる丘の月かげに」（解）丘の月影のもと、年老いた渡し守が夜なべ仕事に綱をこしらえていると転じた。外は霜の秋草。月の定座《じょうざ》（＝連歌・連句で一巻のうち、月の句を詠みこむ箇所）を二句引き上げて出した。

④芭蕉「しばし住べき屋しき見立る」（解）しばらくの間の住みどころとして屋敷を見立てる人は他国の武士か高家のものか。渡し守に尋ねよるところ。

⑤亭子「酒肴《さかな》片手に雪の傘さして」（解）その人は酒の肴を片手に雪の傘をさしていく風流人。

⑥鼓蟾「ひそかにひらく大年の梅」（解）世間をよそにひそかに咲き始めた大年の梅を見にでかけるさま。梅は寒梅。

⑦芭蕉「遣水《やりみず》や二日ながるる煤《すす》の色」（解）庭に引き入れた小さな流水に二日続いて流れる煤の色は、師走の大掃除。大きな家に広い庭を配した。

⑧亭子「音問《おとづ》る油隣はづかし」（解）油売りがやってきて話し込んでいくのを、隣に対して恥ずかしく思う。下町の長屋住みの場に転じた。

⑨鼓蟾「初恋に文書《ふみかく》すべもたどたどし」（解）恋を覚えた娘のたどたどしい文と、化粧の油を求めて隣を恥ずかしく思う気持ちを入れて付けた。

⑩芭蕉「世につかはれて僧のなまめく」（解）俗世の用に使われて、若い僧も知らず知らずの間に恋心を覚えたのか、どことなくなまめかしいように見える。若い僧を娘が文を書いた相手とした。

⑪亭子「提灯を湯女にあづけるむつましさ」（解）なじみの湯女にちょうちんを預ける仕草も、なまめく僧とのむつましさがしのばれて。

⑫鼓蟾「玉子貰《もら》うて戻る山もと」（解）山里の湯治場。帰りには玉子などをもらって山の麓に下りる。

⑬芭蕉「柴の戸は納豆たたく頃静也」（解）納豆汁をつくるために納豆をたたく頃になって、柴の戸も静かに冬近いさま。

⑭亭子「朝露ながら竹輪《たけわ》きる藪」（解）朝露を踏んで裏の藪に竹を切る音。前句の納豆をたたく音

に重ねた。

⑮鼓蟾「鵙《もず》落とす人は二十にみたぬ顔」（解）竹を切る薮のあたり、モズを落とすいたずらな男は二十歳にならない若者の顔をしている。

⑯芭蕉「よせて舟かす月の川端」（解）月の川端に舟をこぎ寄せて貸すと、夕月の景をあしらった。

⑰亭子「鍋持たぬ芦屋は花もなかりけり」（解）鍋もないような貧しい川辺の芦の屋は、藤原定家の歌ではないが、花も紅葉もない景色。

⑱鼓蟾「去年《こぞ》の軍の骨は白暴《のざらし》」（解）前句を荒れた戦乱の跡とみて、去年の軍に、野ざらしになった骨が散らばっている。

「あなむざんやな」の芭蕉の句碑

□小松市内の芭蕉句碑は

①寺町の建聖寺「しほらしき名や小松ふく萩すすき」の新旧二基の句碑がある。古い方の句碑は縦八五チセン、横五五チセン、奥行き三一チセン。宝暦年間（一七五一～六四）に地元俳人、無外庵既白が建立

したと伝えられている。新しい方は縦七三センチ、横三七センチ、奥行き二二センチ。縦三行の句は読み取れるが、建立年代不詳。

②本折町の本折日吉神社「志ほらしき名や小松吹く萩すすき」の句碑が境内にある。一九六〇（昭和三十五）年五月、氏子有志、恵比須講中によって「芭蕉翁留杖之地」碑として建てられた。縦一五七センチ、横一〇五センチ、奥行き二七センチ。

③浜田町の菟橋《うはし》神社　境内に「志をらしき名や小松吹く萩すすき」の句碑がある。一九七〇（昭和四十五）年八月、地元の石田勘二によって奉納された。句碑の大きさは縦一五五センチ、横八四センチ、奥行き二八センチ。「志をらしき」の句の左に「元禄二年秋二十七日快晴所ノ諏訪宮祭ノ由聞テ芭蕉曾良詣」と刻まれている。

④上本折町の多太神社　境内に一九三一（昭和六）年に再建された「あなむざん甲の下のきりぎりす」の句碑（縦九二センチ、横八三センチ、奥行き三〇センチ）がある。

⑤那谷町の那谷寺「石山の石より白し秋の風」の句碑が境内にある。縦一三二センチ、横一一八センチ、奥行き五四センチ。木崎馨山住職によると、建立年代は文化三（一八〇六）年から天保七（一八三六）年の間。揮毫《きごう》は前田家大聖寺藩九代目の藩主、前田利之ではないかとのこと。

⑥大川町の葭島《よしじま》神社　境内に「ひょうひょうと猶露けし女郎花」の句碑がある。一九〇二（明治三十五）年十月、松乃舎二世青坡宗近の社中によって「奉納句碑」として建立された。縦一メートル、横約二メートル。青坡は材木町の松守半二。一九〇八年死去、享年六十二歳。

⑦大川町の小松大橋のたもと　二〇一五（平成二十七）年三月、大川やわらぎ街道まちづくり協議会が「ぬれて行や人もおかしきあめの萩」の句碑を建てた。

⑧天神町の小松天満宮　一九八九（平成元）年十一月、宮誠至が「あかあかと日は難面もあきの風」の句碑を奉納した。書体は素龍の清書本から複写して刻印された。

⑨矢崎町の小松食堂前の「春なれや越しの白根は国の華」の句碑が食堂経営者、橋本共栄によって建てられた。

⑩小松バイパス（国道8号線）東山ポケットパーク　一九八六（昭和六十一）年秋、「しをらしき名や小松吹く萩すすき」の句碑が建立された。

小松市役所庁舎前の中央緑地　一九九〇（平成二）年四月、奥の細道三百年記念事業の一環として「しをらしき名や小松吹く萩すすき」「むざんやな甲の下のきりぎりす」「石山の石より白し秋の風」「ぬれてゆく人もをかしや雨の萩」の句碑四基が同事業実行委員会によって建立された。

これら小松で詠まれた四句のうち三句は、それぞれゆかりの地に古い句碑があったが、読みにくくなっていた。「ぬれてゆく」の句も加え「不易流行」の精神を後世に伝えるため、若い人にも読みやすい書体で句碑を建てたという。

☆全昌寺

□小松から大聖寺への道は

八月八日ごろ、芭蕉らは大聖寺に向けて小松を発った。芭蕉らと別れを惜しむ小松の連衆が集まり、手を振って見送ってくれた。北陸道は小松から今江、月津、動橋、作見、福田、大聖寺、橘を通って越前国に延びている。距離は小松―動橋間が二里三十五町、動橋―大聖寺間が二里の計四里三十五町（約一九・五キロ）。芭蕉らは加賀藩の支藩、大聖寺藩（七万石）の城下町にある全昌寺に入った。全昌寺は大聖寺南側の熊坂川に沿って並ぶ「山の下寺院群」の中の一寺で、大聖寺城主山口玄蕃（玄蕃）の菩提寺である。

□「大聖持」という地名表記について

「大聖持」は大聖寺（地名）のこと。「寺」を「持」と書く例は多く、一六八八（元禄元）年、大聖寺藩は「大正持」と記すよう定めた。『奥の細道』には「大聖持」、『曾良旅日記』には「大正侍」と記されている。「大聖寺の〇〇寺という寺」などと一文に「寺」の字が何度も出ることや、地名と寺院名の混同を避けるためか。大聖寺は大聖寺川下流、錦城山東麓一帯を指す中世以来の地名で、白山宮加賀馬場に属した寺名に由来している。大正持・大正寺などとも書かれた。往時、白山五院の一つとして大聖寺の名がある。

□「全昌寺」の条は

「大聖持の城外、全昌寺といふ寺にとまる。猶《なほ》加賀の地也。曾良も前の夜、此寺に泊て、終宵《よもすがら》秋風聞やうらの山　と残す。一夜の隔《へだて》、千里に同じ。吾も秋風を聞て、衆寮に臥《ふせ》ば、明ぼのの空近う、読経声すむままに、鐘板鳴て食堂に入。けふは越前の国へと、心早卒にして、堂下に下るを、若き僧ども、紙硯《しけん》をかかへて、階《きざはし》のもとまで追来る。折節庭中の柳散れば、庭掃て出ばや寺に散柳　とりあへぬさまして、草鞋《わらじ》ながら書捨《かき》つ。」

（現代語訳）大聖寺の町はずれの全昌寺という寺に泊まる。（ここはやはり）まだ加賀の地である。曾良も前の晩にこの寺に泊まって「終宵秋風聞やうらの山」という句を残した。（自分と曾良が、ここに泊まったのは、わずか）一夜の隔たりであるが（会うことができない寂しさはまるで）千里（の隔たり）と同じである。自分も（夕べ曾良が聞いた裏山の）秋風を聞きながら、修行僧の寮舎に入って床に就くと（やがて）夜明けも近くなり、朝の読経の声が澄みわたるうちにやがて鐘板が鳴って、僧たちと食堂に入る。今日は越前の国へ（入りたい）と、心慌ただしいままに堂の下に降りる私を見て、若い僧たちが紙や硯《すずり》を抱えて（句を書いてほしいと）階段の下まで追い掛けてきた。ちょうどその時、寺の庭の柳の葉がはらはらと散ったので「庭掃て出ばや寺に散柳」と取り急いだ様子で（即興の趣向で）わらじをはいたまま書き捨てるように書き与えた」。「とりあへぬさま」は取り急いだ即

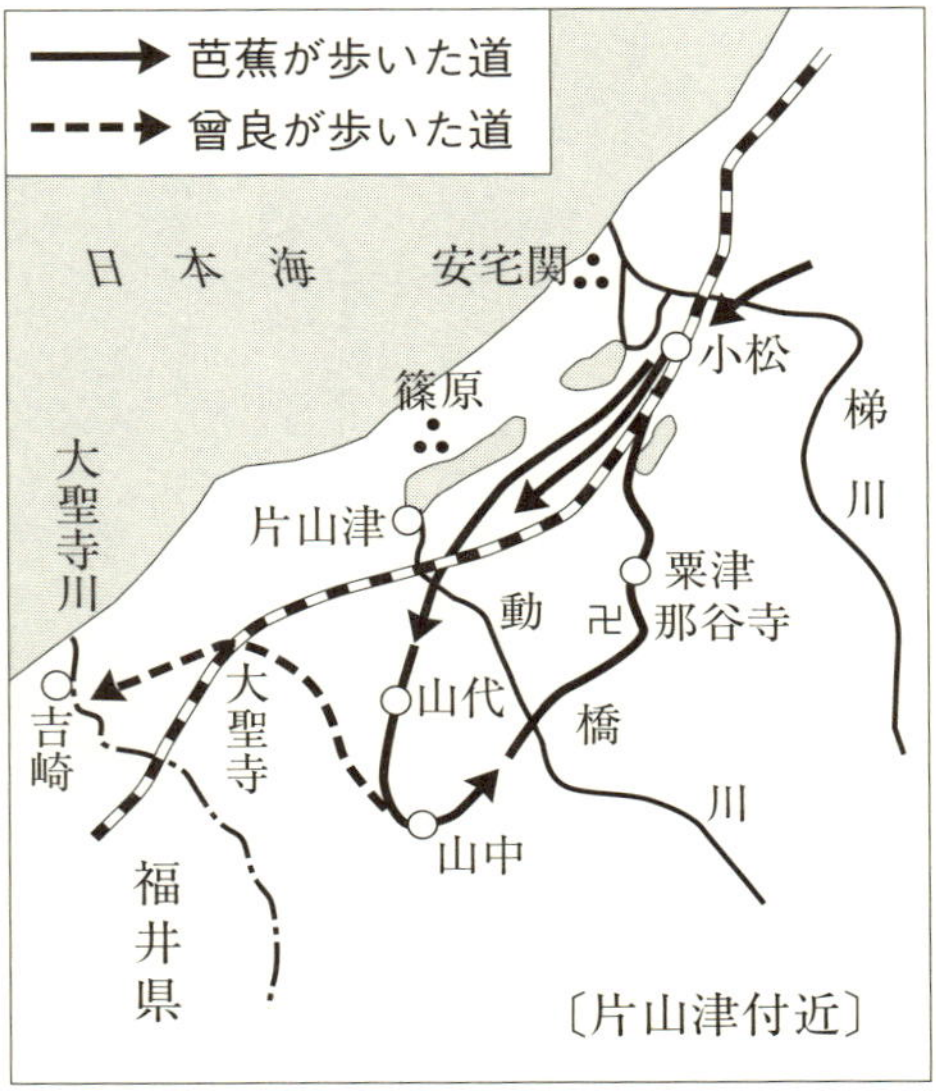

芭蕉・曾良のたどった道

興の様子。「とりあへぬ」は「とりあへず」（対策も用意も準備せずに、の意の副詞）の連体修飾語としての用法と考えられる。

□「全昌寺」の条の特色は

曾良と別れ、山中温泉を八月五日に出発した芭蕉が、大聖寺城主山口玄蕃の菩提寺で曹洞宗の全昌寺に泊まった時のことを記した条である。前半は、わずか一夜違いの前夜、ここに泊まった曾良の句を見て懐かしさと寂しさにたえないと、曾良との別れの悲しみが記されている。後半は、あくる朝、若い僧たちに請われて「庭掃て」の即興句を書き与え、心せわしく旅を急いで、越前の国に向かう、夜明けごろの禅寺の様子などをテンポの良い簡潔な文章で、生き生きと表現している。

□「全昌寺」の条を鑑賞してください

芭蕉と北枝は全昌寺に泊まった。曾良も前夜、この寺に泊まり「終宵秋風聞やうらの山」の句を残していった。この句には師と別れ、初めてひとり旅をしている曾良の「わびしさ」「悲しさ」がしみじみとうかがわれてあわれである。曾良と芭蕉は一夜違いですれ違った。別れていると千里も隔たっているような思いがし、さびしかったという思いを芭蕉は「一夜の隔、千里に同じ」と短文で表わしている。曾良との温かい交流が感じられ「行き行きて」「今日よりや」の句よりも一段と細やかな師弟愛が示されている。

芭蕉は雲巌寺、瑞巌寺、天龍寺、永平寺といった禅寺を訪ねているが、外面か側面を写しているだけなのに、全昌寺だけは自ら内部に立ち入って禅僧のように一夜を明かしているところに特色がある。「秋風を聞て」から「食堂に入」までにいたる簡潔な文には、芭蕉独特のすばらしい飛躍性と流転性が見え、しかもその中に全昌寺が持つ「清らかさ」「厳しさ」を描き出し、すこぶる鮮明である。芭蕉が出立の際には若い僧たちが紙、硯《すずり》を抱えて発句を所望する。「庭掃て」の句を書き残し、一文に趣きを添えている。

□「全昌寺」の条は四度も推敲?!

一九九六（平成八）年十一月、『奥の細道』の芭蕉自筆本「野坡本《やば》」が確認されたという記事が新聞で大きく報じられ、俳文学関係者を驚かせた。この本はおびただしい数の貼り紙による推敲の跡が生々しい苦心の様子を示して印象的である。貼り紙は小は一字分から、大は十一行分まで、七十カ所を超えて行われていて、その下からはこれまで知られている本文の前の段階を示す文筆が読み取れた

熊谷山全昌寺

という。全昌寺で詠まれた「庭掃て出ばや寺に散柳」の句が流布本で「出るや」となっていた問題は「出ばや」が正しいことが確認された。

「全昌寺」の条の直筆原本には二枚の紙が貼ってあった。一番下の紙に書いた「明ぼのの空経読の声に半鐘鳴て食堂に入」の表現が、その上に貼った紙では「読経聞ゆるに」となり、さらに「ゆる」を消して「へ」に訂正。その上に二枚目の紙を貼り、「明ぼのの空近ふ読経聞ゆるに板鐘鳴て食堂に入」とした。これでも芭蕉は納得がいかなかったらしく、曾良が書き写した「曾良本」に手を入れて「読経聞ゆるに」とあった表現を現在知られている「読経声すむままに」と変えた。つまり「全昌寺」の条は四度も推敲されたことになる。

□全昌寺の由来は

全昌寺は大聖寺神明町にある曹洞宗の寺。山号熊谷山。寺伝によると、もとは真言宗で大勝寺と称し、山代にあったが、兵火で焼失。一五七六（天正四）年、宗古により禅宗の全昌寺として再興された。しかし、再び戦火に遭い、一五九八（慶長三）年、大聖寺城主山口宗永の帰依を受けて岡村で再建。一六〇〇年、山口氏の滅亡で荒廃したが、同城代津田重久により復興。一六四四（正保元）年ごろ、大聖寺藩初代藩主前田利治の命で現在地に移った。山中温泉の泉屋の菩提寺であり、芭蕉、曾良らは全昌寺に泊まるよう添え状をもらっていた。

□「前の夜」の解釈は

曾良は八月五、六日の二日間、全昌寺に泊まった（『曾良旅日記』）。芭蕉は「曾良も前の夜、此寺に泊て」（『奥の細道』）と書いているから「前の夜」を文字通り受けとると芭蕉の全昌寺宿泊は七日晩になる。だが、それでは、芭蕉の旅程と合わない。芭蕉は五日から三日間ほど、小松に滞在し「あなむざんやな」三十六歌仙興行や能順、万子との交流をしているから、全昌寺宿泊は八日ごろと推定される。「前の夜」は「数日前」と解釈した方がいい。「前の夜」は「一夜の隔、千里に同じ」を導くための文飾とみるべきであろう。

□「終宵《よもすがら》秋風聞やうらの山」の句意は

「師（芭蕉）と別れて一人、病気の私（曾良）はこの寺に泊まったが、床に就いてから、一晩中眠りつけずに裏山の木立の上を吹き渡る秋風の音を聞きながら夜を明かしてしまった」との意。季語は「秋風」（秋）。「終宵」は夜通しの意。「うらの山」は全昌寺の裏山。裏山で秋風を聞くのではない。

曾良の句は技巧的なものが多いが、この句はそうでなく、素直な表現の中に寂しい気持ちがよく表わされ、季語としての「秋風」がよく効いている。全昌寺の裏山に面する離れの「芭蕉庵」は現在、復元されている。

□「よもすから」の句の短冊はどこにあるのか

曾良筆「よもすから」の句の短冊は財団法人「柿衛文庫」（兵庫県伊丹市）に所蔵されている。『奥の細道』の旅で芭蕉と別れ、全昌寺に一人泊まった時に曾良が吟じた「よもすから秋風きくやうらの山」は『猿蓑』（一六九一年刊）に入集。後に『奥の細道』にも記される。なお『猿蓑』では「加賀の全昌寺に宿す」と前書きがある。日記の記載から、行脚後の作とも考えられる。芭蕉と別れた寂しさの真情があふれた句で「うらの山」も「秋風」とよく調和している。曾良の代表的な作品といっていいであろう。

□「庭掃て出ばや寺に散柳」の句意は

「この寺を出発しようとすると、折から柳の葉がはらはらと散ってきた。雲水の作務《さむ》通り、この寺の庭に散る柳をはき清めて出発したいと思う」との意。季語は「散柳」（秋）。寺に泊まった者はお礼に掃除をして出発するのが禅宗の常礼である。この句は庭に散る柳の葉を見て思い起こした、作務の心を表わして、寺へのあいさつとしている。掃きたい気持ちはあったが、先を急いでいたので失礼したという気持ちも込められる。「散柳」は眼前の景物であるとともに、季語の扱いの上でも、八月初めという約束にかなっている。

□杉風作「芭蕉座像」（全昌寺所蔵）は

全昌寺本堂に杉風《さんぷう》作の木像芭蕉座像がある。やや太り気味の芭蕉はいかにもふくよかで、にこやかな表情で、ゆったりと坐禅を組んでいる。横から見ると猪首《いくび》で猫背の姿。杉風作の画像とは趣が異なる。像の底部をのぞくと、足の裏まで彫られている。そばに「杉風薫沐《くんもく》拝之」と刻まれている。杉風の律義な人柄と師弟の間のあたたかさが感じられる。蕉門十哲作の芭蕉の木像はこのほか、許六作の木像、「元禄□のとし　北枝謹て作之（花押）」と刻まれた北枝作建聖寺の木像が知られている。

□全昌寺境内の句碑は

全昌寺の境内に入ると、すぐ左側に、参道を背にして「はせを塚」と刻んだ碑（高さ一五九センチ、幅五四センチ、奥行き四六センチ）がある。大聖寺の俳人二宮木圭《ぼくけい》らにより、遅くとも明治時代の中ごろまでに建てられたものである。塚の右側には「終夜秋風聞やうらの山」と書かれた曾良の句碑（高さ一三〇センチ、幅一三〇センチ、奥行き三九センチ）が一九二八（昭和三）年に建立された。塚の左側には副碑として「庭掃いて出でばや寺に散る柳」の句碑が立てられている。「はせを塚」や曾良の句碑、いずれも郷愁を誘う温かさが感じられる。

□曾良と芭蕉の別離後の行動は

八月五日以降は、曾良が先行してしまったので芭蕉の動静を『曾良旅日記』によって知ることができない。曾良は五日に山中温泉を出発し、大聖寺領の全昌寺に宿泊。その夜、雨が降りだし、朝になっても土砂降りだったため、さらに一泊を重ねて七日に全昌寺を発ち、吉崎を経て午後五時ごろに森岡（森田の誤記、現福井市）に着き、六郎兵衛という家に泊まった。八日は福井を経て今庄に泊まる。九日は日の出（午前五時四十分）すぎに出発し、午後二時五分ごろ、敦賀に到着している。この間、全昌寺滞留を除くと三日間の旅である。

芭蕉の方は『俳諧四幅対』所収の「桂花園家の花抜書」の中に「八月十四日敦賀の津に宿をもとめて、気比の宮に夜参す云々」とあり、「敦賀」の条にも「十四日の夕ぐれ、つるがの津に宿をもとむ」と記しているので、十四日に敦賀に到着したものと思われる。さらに「福井」の条に「その家（等栽宅）に二夜とまりて」とあるのを信じれば、福井に着いたのは十一日であろう。とすると、大聖寺—福井間で松岡天龍寺での一泊あるいは二泊したと想定すると、全昌寺宿泊は七日か八日という勘定になる。

『曾良旅日記』によると、七日から十一日まで快晴が続いているので、雨による滞留は考えられない。芭蕉は六日（陽暦九月十九日）に万子と対面。万子の仲介で小松天満宮に発句を奉納するために連歌師能順と歓談している。その上、多太神社に奉納した「あなむざんやな」の発句をもとに亭子

（歓生）、鼓蟾とで三吟歌仙を巻いている。だから小松滞在が長引き、出発が遅れたと考えるのが妥当だ。七日夜の全昌寺宿泊は極めて困難と指摘する文献もある。小松は芭蕉縁の名所として「芭蕉文化」の重要な位置を占める。

□大聖寺関とは

大聖寺藩は城下町の西端に関所を、橘・吉崎・熊坂・風谷に番所を置き、越前（福井県）との往来を監視した。『三壷記』によると、大聖寺関は慶長十五（一六一〇）年以前に設置され、寛永十六（一六三九）年の大聖寺藩創設により、同藩の管理となったが、実質的な支配は加賀藩が行った。『大聖寺町絵図』（一七八六）によると、関所は街道の北側に設けられ、門扉は日の出（陽暦九月二十一日は午前五時四十分）と共に開き、日没（陽暦九月二十一日は午後五時五十二分）と共に閉められていた。夜間の通行は禁止されていた。

□全昌寺から橋への道は

八月九日ごろ、芭蕉と北枝は全昌寺を出発して汐越の松（あわら市浜坂町）を経て福井に向かった。大聖寺の西端に大聖寺関所が設けられていて、出判を納めた。関所を通って熊坂に達すると、芭蕉は「熊坂がゆかりやいつの玉まつり」の句を作った。

熊坂は山中温泉から二里（約八キロ）、大聖寺に近い三木村（三木町）にあり、熊坂長範《ちょうはん》のふるさとであるとも伝えられている。熊坂で右折して県道61号を進み、三木町で北陸自動車道の下をくぐり、県道から分かれて、舗装された農道を行くと橘町に到着する。

□「熊坂がゆかりやいつの玉まつり」の句意は

「熊坂長範の故郷熊坂を自分は今過ぎていく。牛若丸に討たれた長範は盗賊の名を負うことで、ゆかりの者も世をはばかって、あからさまに玉まつりを営むことなく打ち絶えているのであろう。いつの日か玉まつりがなされることであろうか」との意。季語は「玉まつり」（秋）。玉まつり（霊祭り）は孟蘭《うら》盆の期間に先祖の霊を供養すること。『俳諧書留』の中七「其《その》名やいつの」が初案。『卯辰集』に「くま坂ざかと云《いふ》所にて」の前書がある。謡曲「熊坂」の哀れな末期などに思いを寄せたものとみられる。

□橘《たちばな》茶屋について

一四八六（文明十八）年、京都の聖護院門跡道興が橘（三木町）で宿泊しているように、室町時代中期には橘宿が成立していた。江戸時代の橘は上橋と下橋からなり、上橋は「茶屋橋」という茶屋を営み、下橋は人馬の継立《つぎたて》宿であった。橘茶屋は下橋から約三百《メートル》坂道を登った山の尾根にあり、江戸後期には銭亀家、角谷家、米一家、亀谷家などが茶屋を営み、名物のちまきを売っていた。銭亀家は茶屋と旅籠を営んでいたと伝えられる。大聖寺から橘茶屋に着いた芭蕉と北枝はここで休憩したことであろう。

□高校生からの質問――「全昌寺」の条

質問（以下Q）「追ひ来る」とあるが、なぜ追って来たのか？　解答（以下A）芭蕉に句を書いてもらうため。

Q「けふは越前の国へ」はどのような表現を受けて書かれたものか？

A「猶加賀の地也」

Q「一夜の隔」がなぜ「千里に同じ」なのか？

A　曾良の身の上を気遣いながら、会えない寂しい気持ちから遠い隔たりを感じたから。

Q「吾も秋風を聞て」の「も」の意は？

A　曾良の句に応じたもの。

Q「鐘板鳴て」とは何の合図なのか？

A　食事

Q「衆寮」の意味は？

A　禅寺で修行僧を泊める寮舎。

Q　心せわしく終わりを急ぐ気持ちの出ている語句は？

A「猶《なほ》加賀の地也」「心早卒《そうそつ》にして」「とりあへぬさまして」

Q 「終宵」の句にはどんな気持ちが込められているのか?

A 師と別れた寂しさ、自分の病気の悲しさ、秋の夜の寂しさ。

Q 芭蕉はなぜ「庭掃て」と詠んでいるのか?

A 禅寺に泊まった者はお礼に掃除をして出発するのが礼儀だから。

Q 「鐘板」とは?

A 禅寺で合図のために打ち鳴らす青桐、鉄、木などでできた雲の形の板

Q 「書捨つ」の意味は?

A 念を入れずに書きっぱなしにする。

Q 「加賀」「越前」はそれぞれ今の何県にあたるか?

A 加賀は石川県、越前は福井県。昔の国名で「前・後」が付くのは都(京都)から近いか遠いかを示している。越前、越中(富山県)、越後(新潟県)は、越前が都に最も近く、次いで越中、一番遠いのが越後ということを意味する。

Q 「読経」とは?

A 声を出してお経を読むこと。これに対し、「誦経《ずきょう》」という言葉もあるが、これは経文(仏教の経典の文章)を暗記して唱えることを指す。読経は経文を見ながら読むという根本的な違いがある。

第六章　越前路を往く

気比神宮拝殿（敦賀市）

☆汐越の松・天龍寺・永平寺

□「汐越の松・天龍寺・永平寺」の条は

「越前の境、吉崎の入江を舟に棹《さおさ》して、汐越の松を尋ぬ。終宵《よもすがら》嵐に波をはこばせて　月をたれたる汐越の松　西行　此《この》一首にて数景尽たり。もし一弁を加るものは、無用の指を立るがごとし。丸岡天龍寺の長老、古き因《ちなみ》あれば尋ぬ。又、金沢の北枝といふもの、かりそめに見送りて、此処《このところ》までしたひ来《きた》る。所々の風景過《すぐ》さず思ひつづけて、折節あはれなる作意など聞《きこ》ゆ。今既別《わかれ》に望みて、物書て扇引さく余波《なごり》哉　五十丁山に入て、永平寺を礼《らい》す。道元禅師の御寺也。邦機千里を避《さけ》て、かかる山陰に跡をのこし給ふも、貴《とおと》きゆへ有《あり》とかや。」

この条で芭蕉一行はいよいよ越前の国に入る。吉崎を過ぎて、歌枕である汐越の松を訪ねる。伝西行の和歌を取り上げ、西行ゆかりの地として、その景を賞賛している。次に天龍寺、永平寺と名刹《めいさつ》を挙げてはいるが、中心は金沢から随行してきた北枝との別れにある。

（現代語訳）加賀と越前の国境、吉崎の入り江を舟で渡って汐越の松を訪ねた。「終宵《よもすがら》嵐に波をはこばせて月をたれたる汐越の松　西行」この一首で、この場の数々の景色はすべて詠み尽くされている。もしこれ以上に言葉を加え、説明する者は、五本の指にさらに一本の指を加えることに等しい。丸岡（松岡の誤り）の天龍寺の長老は、私と旧知の間柄なので、訪問する。また、金沢の北枝という者は、ちょっと見送ろうと言って同行したが、とうとうここまで（私を）慕ってついて来てしまった。北枝は道すがら所々の風景を見逃さずに句案を続けて、時折、趣の深い趣向を聞かせてくれる。今、いよいよ別れることに際して「物書て扇引さく余波哉」

道から五十丁山に入って永平寺に参詣する。あの道元禅師が開基した寺である。禅師がわざわざ都近くの地を避け、このような山陰に寺院を残されたのも、仏道修行に対する深い配慮があったから、ということだ。

汐越の松、天龍寺の長老、北枝との別離、永平寺のことを簡潔に記し「物書て」の句には強烈な別れのイメージが込められている。

汐越の松海岸

□汐越の松周辺は

芭蕉と北枝は橋茶屋から永井（加賀市）に出て吉崎（福井県あわら市）に行く。吉崎は加賀と越前の境、北潟湖が日本海に出る水戸口近くに位置する。『帰雁記』に「北潟曲江　深一丈四尺五付水戸口より小牧のフクラ迄《まで》一里半余」とある北潟湖は、水域も広く、水

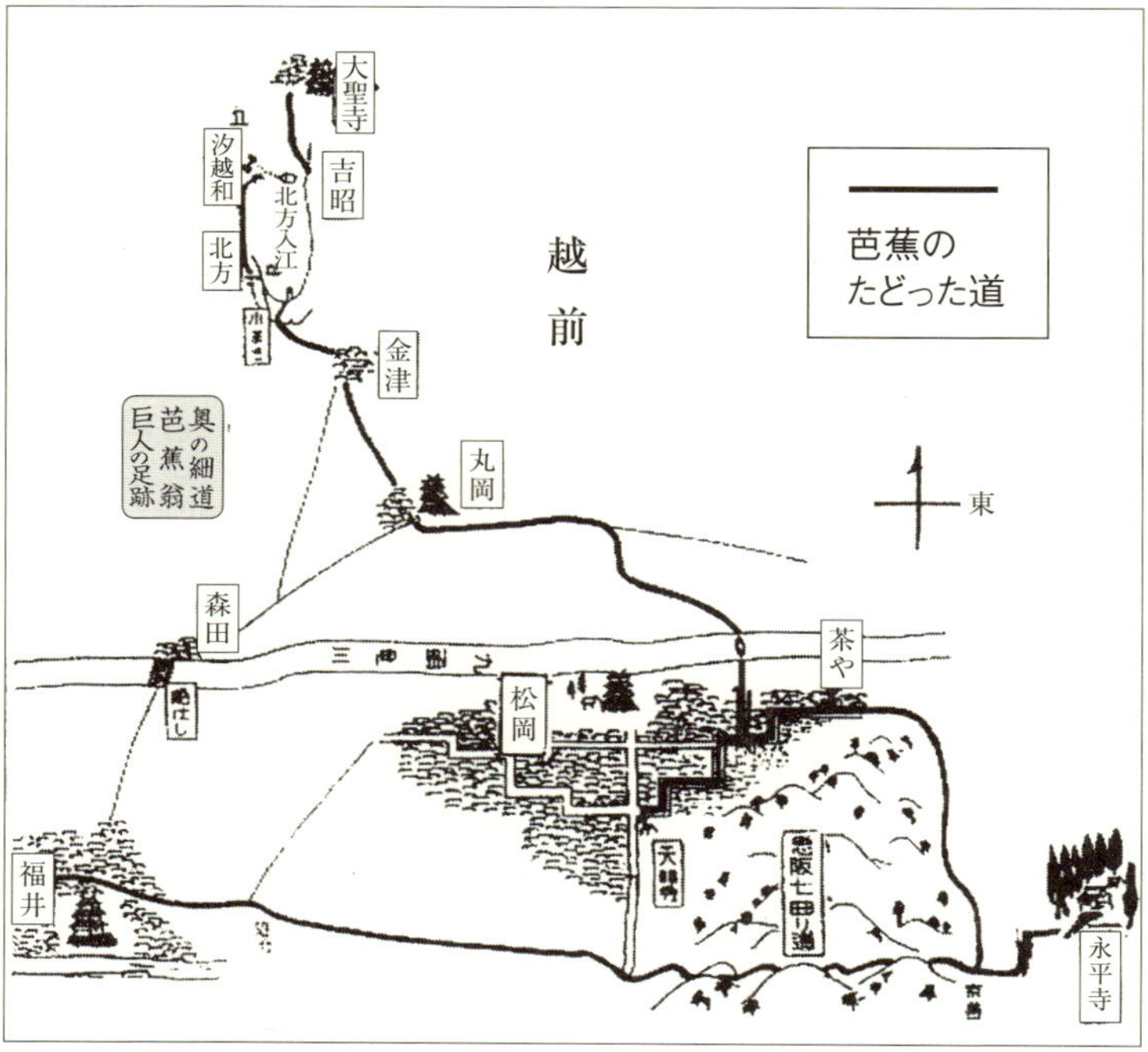

大聖寺から福井まで

深も深い風光明媚《めいび》な場所であった。

『曾良旅日記』には「全昌寺ヲ立。立花十町程過テ茶や有。ハヅレより右へ吉崎へ半道計《ばかり》。一村分テ、加賀・越前領有。カガノ方よりハ舟ハ不出《いでず》。越前領ニテ舟カリ、向へ渡ル。水、五六丁向、越前也。（海部二リ計ニ三国見ユル）。下リニハ手形ナクシテハ吉崎へ不越《こせず》。コレヨリ塩越、半道計。又、此村ハヅレ迄帰テ、北潟ト云所へ出。一里計也。北潟より渡シ越テ一リ余、金津ニ至ル。」とある。

芭蕉は行きは越前吉崎から浜坂まで五、六丁（現在、吉崎と浜坂を結ぶ開田橋の間）を舟で渡り、見当山（標高六一メートル）という小山の裏側にあたる日本海に面した所にある、古歌に詠まれた汐越の松を訪ねた。北潟湖と白山を一望する景色もすばらしく、無類の景勝地である。

芭蕉は歌枕汐越の松を訪ねた理由は、西行が詠んだという「終宵」の和歌にひかれていたからである。この歌自体、松を擬人化し、松が吹き起こした嵐が一晩中、沖合から波を運び、松から垂れる海水に月が映って、松が月光を垂れているようだ、という機知で仕立てられており、俳諧に通じるところがある。だから芭蕉は気に入ったのだろう。『奥の細道』で「此一首にて数景尽きたり（この一首でここの数々の風景がすべて詠み尽くされている）」と記したのは、簡素な筆の運びで西行の（作と信じた）歌を礼賛したのである。

□汐越の松に関する史料は

芭蕉は大聖寺の西南約八キロの越前吉崎から舟で対岸に渡ったが、渡し船場がどこにあったかは不明である。浜坂集落から砂山を越え、海に面した汐越のほこらがある付近一帯を汐越といったらしい。周辺には枝ぶりの良い松があり、汐越の松といった。『奥細道菅菰抄』には「吉崎の入江に渡舟あり。（浜坂のわたしと云）此江を西へわたりて、浜坂村に至る。それより汐越村をこえ、砂山を五、六町ゆけば、高き丘あり。上平らかにして広く、古松多し。其下は、外海のあら磯にて、岩の間にも、亦松樹あり。枝葉愛すべし。此辺《この》の松を、なべて汐こしの松と云《いう》。〈一木にはあらず〉今も高浪松が根を

汐越の松遺跡

あらひて、類ヒ稀なる勝景なり」とある。芭蕉が訪れる四年前、一六八五（貞享二）年刊行の『越前地理指南』には「汐越の松、浦の上砂山の項に百本計あり」、『浜坂浦明細帳』（一七七三年刊）には五十七本（十六本の松呼称あり）と本数表記があり、芭蕉訪問時は百本近い松林が眺められたであろう。一方、「今は昔の松は枯失《かれう》せて無し」と記した『越前名勝志』（一七三八年刊）などの史料もある。

□汐越の松遺跡碑はどこにあるのか

浜坂の岬に汐越神社があり、その一帯の松が汐越の松である。「汐越の松遺跡碑」は芦原ゴルフ場（あわら市浜坂）内に建っている。碑面に「奥の細道汐越の松遺跡」と彫られた船の帆の形をした石碑で、下部の幅七十九センチに対し、上部の幅は九十二センチと広がっている。厚みは下部三十六センチ、上部二十七センチ。高さは台を含めて約百三十センチ。台は船体になぞらえて玉石を敷き並べ、全体として帆船に見える珍しい碑である。一九六二（昭和三十七）年に建立された。傍らに巨大な枯れ松が転がっていて万物流転の相を見せている。

□吉崎御坊と「終宵」の和歌について

浄土真宗本願寺中興の祖・蓮如（一四一五〜九九）は一四七一（文明三）年に北陸布教の拠点として吉崎山に坊舎を開いた。しかし、応仁の乱による加賀守護富樫氏の内紛に巻き込まれ、坊舎は焼失し、蓮如は吉崎を去った。芭蕉は「終宵」の歌の作者を西行としているが、『山家集』や他の歌集にこの歌はない。『奥細道菅菰抄』に「蓮如上人の詠歌なるよし。彼宗の徒皆云り」とある。蓮如は吉崎に住んだことがあるから「終宵」の歌は蓮如作かもしれない。芭蕉は西行の歌だと聞かされ、そのまま『奥の細道』に書いたのであろう。

□「終宵《よもすがら》嵐に波をはこばせて月をたれたる汐越の松」和歌の評釈は

一晩中、嵐に波を吹き運ばせて、潮の波しぶきをかぶり、そのこずえから滴り落ちるしずくに月の光を映して、まるで月の光を滴らせているかのように見える汐越の松であることだ、との意。

この和歌は『帰雁記註考』にある「汐越と人はうべにも言ひけらし垂れたる枝や根上りの松」の歌と共に、西行作とあるも、蓮如上人の文中「吉崎にて」と前書きのある四首の中にこの歌があり、一四七五（文明七）年の作であるという説が大勢である。

□北潟から天龍寺への道は

大聖寺―吉崎間約五・五キロ、吉崎―金津間約八キロ、金津―丸岡間約八キロ、丸岡―松岡間約八キロといわれる大聖寺―松岡間。芭蕉らは汐越の松を見てから、どの道を通って松岡に着いたのかはわからない。汐越の松を見た芭蕉らは浜坂（あわら市浜坂町）から約六キロの北潟（同市北潟町）まで舟で戻った。北潟から細呂木関所付近に登り、金津に向かって北陸道を行くのが一般的だった。細呂木関所は一六〇一（慶長六）年に開設され、一八六九（明治二）年に廃止された加賀国境から約二・五キロ、金津から六・六キロの位置にあった。

芭蕉らは曾良のように、北潟から一里（約四キロ）余り舟に乗って金津に行ったのだろう。このころ、湖上の舟運はかなり発達していて、湖の留にあたる小牧へは常に航行していたので、重義経由で金津に入ったのかもしれない。

金津は竹田川で南金津と北金津に分かれている。天明年間（一七八一～八九）の金津宿十一町の世帯数は六百十五軒で人口は二千百四十四人。旅籠《はたご》屋五十八軒、揚屋二十三軒、遊女持六軒、遊女五十三人と繁盛していた。北金津（四百二軒、千三百二十四人）はそのうち約三分の二を占める。

芭蕉と北枝は金津を通過して花乃杜から南下、竹田川の北岸に沿って東西に細く延びた北金津宿を通った。宿場の東外れを右折して金津大橋を渡り、南金津宿を過ぎると金津新町の市姫五丁目で北陸街道と金津道に分岐する。芭蕉らは北陸道を進み、舟寄、長崎を経て、丸岡城下に着いたと思われる。丸岡で、松岡の天龍寺に大夢和尚（住職）がいると聞き、急に立ち寄ることになり、丸岡から松岡への脇道をたどった。「丸岡五万石御城下、本街道になき故さびし」（一八二八年、作者不明）。芭蕉のころもさぞ、わびしかったであろう。

芭蕉らは丸岡石城戸から鳴鹿道を南東へ進み、板倉でわかれ、油為頭、領家を経由、兼定島、下合月に出て、九頭竜川を渡し舟で渡って松平氏五万石の城下町松岡に入ったことであろう。丸岡—松岡間は約八キロ。曾良は七日午前七時四十分ごろに全昌寺を出発して森岡（森田の誤記）に午後五時ごろ到着した。行程は約三十四キロ。芭蕉らの場合、全昌寺で慌ただしく朝食を済ませ「今日は越前の国へ」と心せわしく玄関を出ようとすると、修行僧から揮毫《きごう》を求められ、応じた後、午前六時三十分ごろに全昌寺を出発したのであろう。

芭蕉らが松岡の天龍寺に到着したのは午後五時頃であったろう。『奥の細道』の一日の平均移動距離は約三十キロであり、この日の大聖寺—松岡間の行程はこの平均距離とほぼ同じである。

当時の人は一日に約四十キロ（十里）歩くのが普通であったとされる。『奥の細道』の旅で、芭蕉が一六八九（元禄二）年三月二十七日に江戸を発ち、同七月二十七日に山中温泉に到着するまでの旅程を調べると、一日に十里以上歩いた日が十一日あった。一日に歩いた最長距離は白石—仙台国分間の十三里二町（約五十二キロ）である。

□金津の雨夜塚は

北陸道の花乃杜に入ると総持寺（あわら市花乃杜一）の境内に「雨夜塚」がある。県内の芭蕉塚の中でも古いものである。芭蕉の「野分して盥《たらい》に雨を聞く夜哉」の句を祀《まつ》ったので「雨夜塚」の名が付いたという。美濃派金津連中の初代宗匠、有隣庵我六（本名・坂野藤右衛門）が主となって、一七四九（寛延二）年に建立した。高さ百四十一センチ、三十五センチ角の碑柱で、台座を含む高さは約二・五メートル。正面には「芭蕉翁之塔」と彫られ、裏面から右側面にかけて、芭蕉の経歴などをつづった銘文を刻んである。

雨夜塚の左側に、越路行脚して金津にも立ち寄った美濃派三世五竹坊の「その道も潤ふ秋や雨夜塚」と刻まれている。塚の説明板には「俳聖芭蕉が『奥の細道』俳句行脚お途すがら、吉崎から汐越の松をたずねて金津に着いたのは、元禄二（一六八九）年八月十日であった。折しも俄《にわ》か雨に遭って、総持寺の門前で雨宿りをした。同志が集まって旅情を慰めたが、句会を開く間もなく、晴れ間を待って松岡へ向かった」と書かれている。芭蕉らが金津を通過して丸岡方面へ向かったのが八月十日であったかどうかは不明である。

□天龍寺の由来は

天龍寺は福井県永平寺町松岡春日にある曹洞宗総本山、永平寺の末寺。松岡藩五万石、松平家の菩提寺。一六五三（承応二）年、初代松岡藩主、松平昌勝《まさかつ》が祖母清涼院の冥福を祈るため、江戸品川の天龍寺初代・斧山宝鈯《ふざんほうとつ》住職を招いて関山したと伝えられる。松平昌勝は一六五四年六月、初めて江戸から松岡に入封している。一六六五（寛文五）年六月、斧山住職が七十九歳で没した後、二代住職雄峰《ゆうほう》智英《ちえい》が一六九三（元禄六）年六月に寺に入るまでは住職代理が置かれていた。一七一八（享保三）年、松平家から二百石の寺領を寄進された。

清涼山 天龍寺（1981 年）

□天龍寺の長老とはだれか

「長老」とは一般に年をとった人の尊称であるが、禅宗では長く修行を積んだ人、または住職を指す。『清涼山指南録』（天龍寺の住職の経歴や覚書など天龍寺に関する記録）によると、大夢は「貞享四（一六八七）年入院。在住七年。元禄六（一六九三）年移席於上州木崎大通寺」と記されていて、在住期間は五人目の天龍寺住職代理をしていた。したがって、芭蕉らが訪ねた時に「長老」として寺にいたのは大夢であった。大夢は群馬県の大通寺六代住職として七年過ごし、一七〇〇（元禄十三）年七月十四日に亡くなった。

□芭蕉と大夢との関係は

芭蕉は一六八〇（延宝八）年冬、江戸深川大工町臨

川庵の仏頂禅師の元に参禅し、江戸品川天龍寺の住職だった大夢を知った。その後、交流があったため、越前国松岡町の天龍寺五代目住職代理となっていた大夢を訪ねた。大夢は旅の途中に立ち寄ってくれたことを喜び、夜遅くまで禅の話や懐旧談にふけったことであろう。また、十年以上前に深川の芭蕉庵を訪ねてきた越前の俳人神戸等栽《とうさい》（洞哉）のことも話題に上ったであろう。洞哉は越前俳壇の古老で、福井に住んでいた。大夢は俳諧をたしなみ、等栽のことを知っていたと思われる。

□「所々の風景過さず」の例をあげてください

北枝が加賀・越前沿道諸所の風景を見逃さずに句案を続けた例は、

①「野田の山もとを伴ひありきて　翁にぞ蚊帳つり草を習ひける」（『卯辰集』）

②「くさずりのうら珍しや秋の風」（北枝、多太神社奉納）

③「かまきりた引こぼしたる萩の露」（曾良『俳諧書留』）

④「元禄二の秋、翁をおくりて山中温泉に遊ぶ三両吟　馬かりて燕追行くわかれかな」（「馬かりて」歌仙）

⑤「山中温泉にて　子を抱て湯の月のぞくましら哉《かな》」——などがある。金沢から松岡まで芭蕉に同行し、句案を続けた北枝の姿には、俳諧への執心や本物の芸道追及が感じられる。

□「物書て扇引さく余波哉」の句意は

「夏の間使いなれた扇も、秋風が吹くようになっていらなくなり、捨てる時期になった。捨てようと思うのだが、今まで使いならした扇だと思うと、ただ捨てるのも惜しい。そこで記念の句を書いた扇を引き裂いて贈り、名残を惜しんでいることだ」との意。

季語は「捨扇（秋扇、扇捨つ）」で秋。「扇引さく」は二つに裂いた扇の片方を記念に渡すことで、秋に不要になった扇を捨てる「扇捨つ」の習慣や、再会を約して扇を贈る「扇の別れ」の故事（謡曲「斑女《はんじょ》」）を踏まえる。「余波」は「なごり」と読む。

□「物書て扇引さく余波哉」の初案は

「もの書て扇子へぎ分くる別哉」（『卯辰集』（『古今抄』）が初案。「へぎ分くる」とあれば、扇子の骨の両面にあった紙を、無理に引きはがすという意味になる。だが、「へぎ分くる」より「引さく」の方が、語勢でいっても、別離の気持ちを一層強めるためにも有効かと考えられる。また「別哉」から「余波哉」と改められているが、単に「別《わかれ》」というよりも「余波」という言葉を用いた方が「捨て扇」の意味がはっきりしてきて、別離を惜しむ気持ちが一層、濃く現れる。しかも季語をも兼ねていることになる。

「物書て」の句は、北枝との別れ、扇との別れが二重写しとなって効果的である。『卯辰集』には「松岡にて翁に別侍し時、あふぎに書て給る」と前書きがあり、脇句に「笑ふて霧にきほひ出はや北枝」とある。「別れは悲しいですが、自分を励まし、笑って、折からの霧に元気を出して金沢に帰りたいものです」との意。季語は「霧」（秋）。支考の『俳諧古今抄』（一七二九年刊）に「加州の北枝が山中の見送りに橋の茶店にて、そが扇にかきてたびけるよし、今も金城の家珍に伝へしが云々」とあり、同形句である。

□清涼山天龍寺境内の塚・碑は

①天龍寺芭蕉塚　芭蕉百五十回忌記念の一八四四（天保十五）年初冬に建立された。正面は大きな字で「芭蕉翁」と彫られ、側面には「維時天保甲辰初冬新建之」とだけ刻まれている。碑は烏帽子《えぼし》形の自然石で高さ約百三十センチ、幅四十五センチ。

②余波の碑石像　奥の細道三百年記念として、一九八九（平成元）年九月に建立。立ち姿の芭蕉と蹲踞《そんきょ》した北枝が相対している石像である。北枝の手には芭蕉から与えられたばかりの広げられた扇がある。台座の高さ九十センチ、像の高さは芭蕉が百五十五センチ、北枝が九十センチ。

③天龍寺芭蕉句碑　天龍寺本堂と座禅堂の前の広場にある。縦二百十八センチ、横二百十センチ、厚み九十五センチとかなり大きな岩の句碑である。碑の正面には右端に小さく「芭蕉翁の句」、中央に「物書て扇引さく餘波哉」と、縦三行に刻まれている。揮毫《きごう》は永平寺貫主、泰慧玉師。裏面には「昭和五十三年八月建之松岡町善意会」とある。

「物書て」の句を読むと、扇を引き裂こうにも、名残惜しくてなかなか引き裂けないという気持ちに託して、芭蕉の北枝との別れがたい思いが見事に言い尽くされているように思う。

□芭蕉はどの茶屋で北枝と別れたのか

『奥細道菅菰抄』（一七七八）の付録に「此時《この》北枝は、越前細呂木駅と金沢町（金津町の誤記）との間の嫁威《おどし》といふ所の茶店迄《まで》翁を送り来ると云ひ伝ふ」とある。作家石堂秀夫は著作「『奥の細道』謎の同行者」で芭蕉が北枝と別れたのは「橘の茶屋（立花の茶店）」であるとしているが、『卯辰集』の「物書て」の句の前書に「松岡にて翁に別侍し時、あふぎに書て給る」とあることから、松岡町はずれに「立花の茶屋」があったはずなので、芭蕉と北枝は松岡町はずれの「立花の茶屋」で別れたのであろう。

松岡町はずれに「立花の茶屋」があって、芭蕉と北枝はそこで別れたと伝えられているが、これについては加賀の橘茶屋や嫁威茶屋（あわら市）とする異説もある。『金津町史話と伝説』（一九七四年刊）などによると『奥細道菅菰抄』に出ている嫁威茶店は坂口（あわら市）の堀井家の先祖が、もと十楽（同）の「よめおどし」で茶屋を営んでいた。嫁威茶店は道が分かれる所にあったので「ふたまたの茶屋」と呼ばれていた。そこは「嫁おどし谷」で路傍には「此所よめおとし」の標柱と「嫁威谿懐古詩碑」が建てられている。

□北枝は芭蕉に笠や蓑を贈ったのか

北枝（?～一七一八）は芭蕉に蓑を贈っている。北枝は一六八九（元禄二）年、芭蕉の北陸の旅の途中に入門。芭蕉の金沢滞在から越前松岡までの道中を約二十七日間同行した。その後は芭蕉と再会することはなかったが、蓑を贈ったことがあり、その折の句「贈蓑　しら露もまだあらみのの行衛哉」が『猿簑』に収録されている。句は「白露もまだ知らない新しい蓑は行く末、翁になれていかなる旅路をたどるやら」との意。季語は「しら露」で秋。北枝が『奥の細道』途上の芭蕉に蓑を贈ったことは、芭蕉の『幻住庵記』にも記載がある。

二〇〇五（平成十七）年六月、兵庫県姫路市の姫路文学館で特別展「俳聖芭蕉を仰いだ人々――近世播磨の俳諧」を筆者は拝観した。「芭蕉翁遺物の蓑と笠」（増位山随願寺念仏堂蔵）コーナーで、蓑と笠の展示があり、『蓑由緒書』には「芭蕉翁ノ遺物ニシテ翁徒惟然ヨリ千山ニ譲リ千山当山ニ納ム」とある。また「蓑」は『幻住庵記』に「木曾の桧笠、越の菅蓑計枕の上の柱に懸けたり」とあって、朝夕芭蕉の目に触れ、庵の風情にもなっていた。姫路の俳人井上千山は美濃の俳人広瀬惟然と交流を持ち、北枝より句と共に贈られた芭蕉への蓑や笠を譲り受けた。

□天龍寺から永平寺への道は

八月十一日ごろ、芭蕉は金沢から約二十七日間にわたって随行してきた俳人北枝と別れることになった。芭蕉は北枝を松岡城下の九頭龍川畔（現五松橋付近）まで見送ったとされる。北枝と別れた芭蕉は天龍寺住職代理の大夢の案内で永平寺参拝に出かけた。そのころの松岡から永平寺に向かう道筋は天龍寺から九頭龍川南岸に沿う勝山街道を東に進み、久保から法寺岡に入り、永平寺川に沿って諏訪間に出る。川を渡って寺本・荒谷を通ると永平寺に到着する。この間約六キロ。曹洞宗大本山の永平寺には午前中に着いたはずである。

曹洞宗大本山永平寺伽藍

□永平寺の略史は

永平寺は福井県永平寺町志比にある曹洞宗の大本山。山号は吉祥山。開山は曹洞宗開祖、道元。一二四三（寛元元）年八月、越前志比庄の領主、波多野義重の勧めで教化の場所を移転。翌四四年、傘松峰大仏寺を開いたのが永平寺の創建。四六年六月、吉祥山永平寺と改称した。現在、十万坪の境内に七堂伽藍《がらん》（法堂、仏殿、山門、大庫院、浴室、僧堂、東司）をはじめとした約七十の堂宇が山の斜面に沿って整然と並び、常時百五十人以上の僧が修行に励む根本道場として八百年近い歴史がある。

□道元禅師の素顔は

道元禅師（禅師は知徳の高い禅僧に朝廷から与えられる称号）は一二〇〇（正治二）年、京都の久我家に生まれた。数え十三歳で仏門に入り、比叡山で学ぶが、旧仏教の教えに疑問を抱き、二年間で比叡山を辞した。中国から禅を伝えた栄西禅師に会い、栄西の弟子の明全とともに一二二三（貞応二）年、宋（中国）に赴いて天道山の如浄禅師から教えを受け、一二二七（嘉禄三）年、帰国した。一二三三（天福元）年、京都・深草に興聖寺を開き、坐禅の宣揚に努めた。一二四四（寛元二）年、永平寺（当初は大仏寺）を開いた。一二五三（建長五）年八月没。

□「五十丁山に入て」と「礼す」の意味は

『奥の細道』本文に「五十丁山に入て、永平寺を礼す」とある。「五十丁山に入て」の意味として、
①永平寺領の入り口から山中の寺までの行程。
②松岡町から永平寺までの里程。
③松岡町から福井に向かう街道からそれて山道に入る里程——の三つの説があるが、どの説が正しいのかは、はっきりしていない。五十丁（町）は約五・五キロ。
「礼す」は礼拝したという意味。寺内に入って参拝したのか、門前で礼拝したのかはあいまいだ。

修行僧の修行道場である永平寺は、外部の人間に対して山門を閉ざしていた。「邦機千里を避て」は、都近くの地を避けてという意味で「貴きゆへ有とかや」は、仏道修行に対する深い配慮があったからという意味。だから、芭蕉は旅人である自分がおいそれと道場に顔を出し、修行僧の邪魔をしてはいけないと考えたに違いない。だとすると、芭蕉は山門で礼拝し、永平寺を去ったと考えるのが順当であろう。

永平寺の禅の根源は「不立文字」（禅の心は文字では表わをすことはできない）「只管打坐《しかんだざ》」（理屈を言うより、ただひたすら坐禅せよ）という精神である。

□なぜ永平寺の記述は簡略なのか。また越前の歌枕は

芭蕉は『奥の細道』で黒羽《くろばね》・雲巌《うんがん》寺、松島・瑞巌《ずいがん》寺、平泉・中尊寺、山形・立石《りゅうしゃく》寺、象潟《きさがた》・蚶満《かんまん》寺、那谷寺、全昌寺などの寺は比較的詳しく記述したにもかかわらず、「汐越の松・天龍寺・永平寺」の条での永平寺の記述はあまりにも簡略になっている。寺に関してはもう十分という思いで永平寺の文を簡略にしたと思われる。

越前の歌枕は、あさむつの橋、玉江《たまえ》、鶯《うぐいす》の関、湯尾《ゆのお》峠、燧《ひうち》が城跡、帰山《かえるやま》、越の中山、鹿蒜《かひる》など。

芭蕉は十三日ごろ、等栽《とうさい》とこれらの名所旧跡を歩き、十四日夕、敦賀に到着した。

□天龍寺から敦賀への芭蕉の旅程表は

八月九日ごろの夕方、天龍寺に到著。住職代理の大夢は旧知の間柄なので九、十日は天龍寺に宿泊したと推察される。『越前俳諧史誌』によると、芭蕉が永平寺に到着したのは八月十一日（陽暦九月二十四日）で、その日の夕方に福井に向かったらしい。芭蕉が福井で「等栽と云古き隠士」を訪ねたのは「その家に二夜とまりて」「十四日の夕ぐれつるがの津に宿をもとむ」という『奥の細道』の記述を考え、福井―敦賀間で今庄一泊があったと想定すると、八月十三日ではないか。確証はないが、穏当な説とみてよいだろう。

□高校生からの質問

質問（以下Q）西行の歌引用に芭蕉のどんな態度が分かるか？　解答（以下A）西行への思慕が激しく、世間のいい伝えでも、そのまま、西行法師のものと信じて引用した。

Q　①「古き因《ちな》みあれば尋ぬ」②「過《すぐ》さず思ひつづけて」③「聞ゆ」の主語はそれぞれ誰か？

A　①芭蕉、②北枝、③北枝

Q　舟に棹《さおさ》しての意味は？

A　竹などの棹で川底を突いて舟を進めること。

Q　無用の指を立るの意味は？

A　役に立たない無用のこと。

Q　古き因とは？

A　古くからの知り合い。芭蕉が参禅した仏頂禅師の友人であろう。

Q　「貴きゆへ」とは？

A　朝廷から京都に土地を与えられることになっていた道元禅師が、それを断って、越前に永平寺を建てた理由のこと。①繁華な土地に寺を建てると僧が堕落する。②禅師の入宋時代の師、如浄法師の故郷が中国の越州だったので、その地にちなんで越前で土地を選んだ。③禅師が宋から帰国する際の航海で難船しそうになって危なかったが、越の白山の観音様に祈って免れたので、その観音様がいる越の国を選んだ——の三つの説がある。

Q　五十丁（町）の距離は？

A　松岡—永平寺間の距離は約五・五キロ。

☆福井・敦賀・種の浜

□天龍寺から福井城下への道は

天龍寺で北枝と別れた芭蕉。永平寺から福井に向かう道中は一人旅で、出羽と越後の国境鼠《ねずみ》ヶ関を通って以来である。永平寺には天龍寺住職代理の大夢が同行し、その後、松岡に戻ったと思われる。芭蕉は天龍寺で早めに夕食を終えてから、越坂（恋坂）峠を通って吉野境、追分、上中町、下中町を歩き、福井城下入り口の志比口に到着した。芭蕉がこの日歩いた道のりは二十四キロほどである。ここから北陸道（松本通り）を西に進み、春山公園（福井市田原二丁目）先を左折して南下する。

芭蕉は足羽《あすわ》川に架かる九十九《つくも》橋を渡り、左内《さない》町へ。そこには旧知の越前俳壇の古老、等栽（本名・神戸洞哉、生没年未詳）が住んでいた。等栽宅に到着したのは八月十一日ごろの夕方。家の様子は「福井」の条に事細かに記されている。等栽が江戸の芭蕉を訪ねたのば十年以上前のことで芭蕉は等栽について「どんなに老い衰えているか、死んでしまっただろうか」と思いながらも人に尋ねると存命であると家を教えられた。久しぶりの再会の後、芭蕉は等栽宅に二泊してから、敦賀で名月を見ようと旅立つ。

□「福井」の条の内容は

福井は永平寺から三里（約十二キロ）ほどなので、夕飯を食べて出かけたところ、夕暮れの道は暗く、足元がよく見えず思ったように進まない。この地に等栽という古くからの隠者がいる。いつだったか江戸まで私を訪ねてくれたことがある。今から十年以上も前のことだ。どんなに老い衰えたか、あるいは死んでしまったかと人に聞くと、まだ存命で、どこそこに住んでいると教えてくれた。町の中からもの静かな所に引っ込んだ場所にある粗末な小さな家には夕顔やヘチマが生えかかり、鶏頭箒木《ははきぎ》が戸口を隠している。

それでは、この中に等栽が住んでいるのだなと思って門をたたくと、みすぼらしい様子の女性が出てきて「どこからいらっしゃったお坊さんでしょうか。この家の主人は近くの誰それという者の所へ行きました。もしも用事があるのなら、そちらをお訪ねください」と言う。この女性が等栽の妻に違

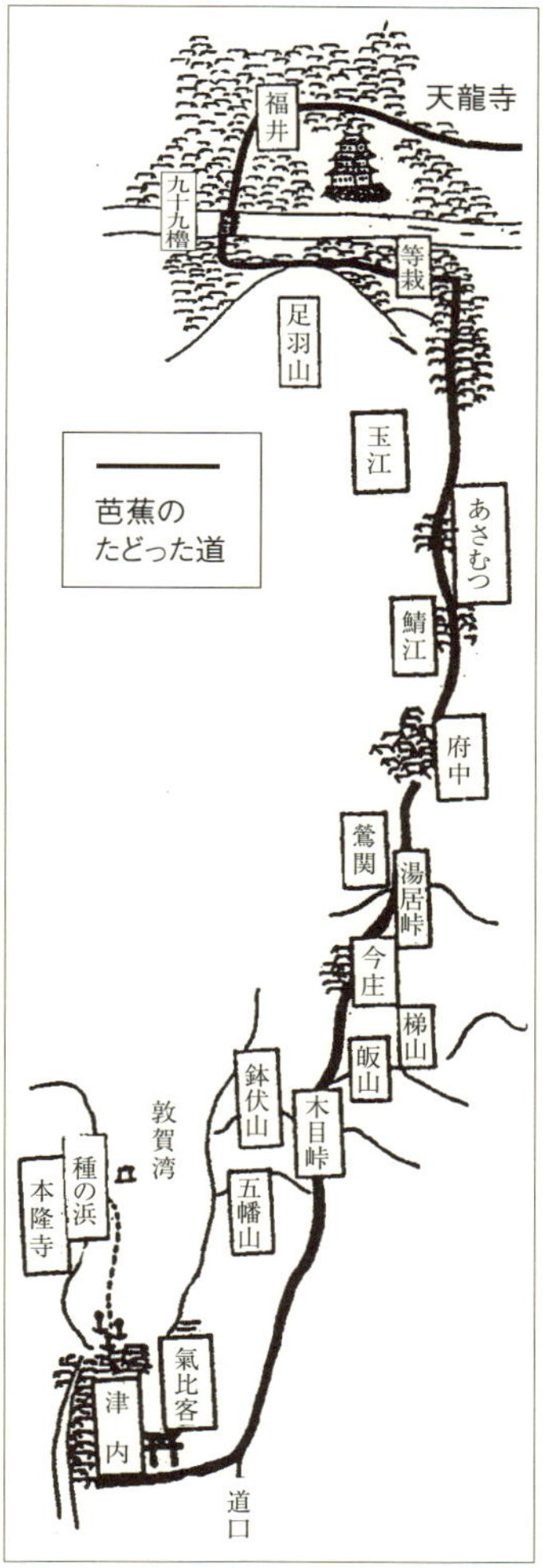

福井城下から種の浜

いないことは、その応対の様子で分かる。昔話にこそ、このような風情はあるものだが、今どき珍しいと感心し、すぐに等栽を訪ねて会った後、等栽の家に二晩泊まった。名月は敦賀の港で見ようと旅立った。

等栽も一緒に見送って行こうと言って、着物の裾を面白い様子にはしょって、道案内をしようと浮かれている。以上が「福井」の条の意訳である。

この条は福井で旧知の等栽を訪ね、等栽の人柄に親しみを感じている様子を物語風に描いている。『源氏物語』の「夕顔」の巻を下敷きに古典的情趣とそれをパロディー化した俳諧的な味わいを融合させ、幻想的文学空間をつくり上げている。芭蕉が二泊した等栽宅は現福井市左内公園内の一隅とされている。木立の中に「芭蕉宿泊地洞哉宅跡」と刻まれた石碑が建っている。

□越前の険道と今庄宿は

福井から今庄まで約四十キロある北陸道を芭蕉らは歩く。ここを歩く旅人らは府中（現越前市）―今庄宿（同南越前町）間は「泊まる家なし」「相の宿なり」「旅人を泊める様なる宿はなし」とと聞いている。少しはましな旅籠に泊まろうとする場合は、今庄宿へ行かなければならなかった。山に囲まれ、北陸と京都または江戸を結ぶ宿場町今庄宿。現在も当時の面影を残す約一・一キロの北陸道の両側に重厚な造りの古い建物が建ち並び、敵の攻撃の勢いを削ぐための工夫だったカーブが続く道を旅人は歩いている。

京都から北陸に至るとき、かつては越前国を南北に分ける南条山地を越えなければならなかった。峠越えは、

①万葉集にうたわれた山中峠。

②平安初期に開削された木ノ芽峠。

③戦国武将の柴田勝家が織田信長の居城、安土城参勤のために整備した栃ノ木峠―の三ルートがあるが、どのルートも峠を越えると今庄に至るため、今庄宿は北陸の玄関口としてにぎわっていた。幕末の記録によると、旅籠五十五軒、茶屋十五軒、酒屋十五軒などが軒を連ねていたという。曾良は八月八日、今庄に宿泊した。芭蕉と等栽が敦賀までに一泊したなら、おそらく今庄だっただろう。

□「芭蕉翁月一夜十五句」は

大垣藩士宮崎荊口《けいこう》と三人の子を中心とする発句・連句の書留である。『荊口句帳』（大垣市立図書館蔵）が一九五九（昭和三十四）年に発見された。巻頭に路通の「芭蕉翁月一夜十五句序」と、芭蕉が十五夜の雨中、敦賀の宿で書き並べたという旅中の月の句十五句（うち一句欠）を所収している。このうち九句は他に所見がない。

①福井　洞栽子をさそふ　名月の見所問ん旅寝せむ

②阿曾武津の橋　あさむづを月見の旅の明離《あけばなれ》

③玉江　月見せよ玉江の蘆をからぬ先

④ひなが嶽　明日の月雨占なハ（は）んひなが嶽
⑤木の目峠　いもの神やど札有　月に名をつつミ（み）兼てやいもの神　この句は湯尾峠（現南越前町）を木の目峠と取り違えている。後に芭蕉が木の目峠を通ったためか？
⑥燧《ひうち》が城　義仲の寝覚の山か月かなし
⑦越の中山　中山や越路も月ハ（は）また命
⑧気比の海　国々の八景更に気比の月
⑨同明神　月清し遊行のもてる砂の上
⑩種《いろ》の浜　衣着て小貝拾ハ（は）んいろの月
⑪金が崎雨　月いづく鐘は沈める海の底
⑫はま　月のみか雨に相撲もなかりけり
⑬みなと　ふるき名の角鹿《つぬが》恋し秋の月
⑭うみ　名月や北国日和定なき　この句は「名月や」に満月への未練がこもる。とはいえ、前日に名月を満喫したので、少しオチがついた滑稽味さえ感じられる。
⑮いま一句きれて見えず　芭蕉の弟子、荊口が俳人路通の序（元禄己巳《つちのとみ》中秋廿一日以来大垣庄杭瀬川辺　路通敬序）を見せてもらった時には、一句が欠けていて十四句しか伝わっていなかった。路通の序文によって芭蕉の美濃国大垣到着は八月二十一日以前であったことが判明した。十七日には路通が敦賀まで出迎えに来ていた。この晩、芭蕉は等栽、路通と敦賀に泊まった。

気比神宮大鳥居

□「敦賀」の条の内容は

進むにつれ、次第に白根《しらね》が嶽《だけ》（白山）が見えなくなって、代わりに比那《ひな》が嶽《だけ》の姿が現れてきた。あさむづの橋を渡っていくと、玉江の橋の傍らの芦が穂を出していた。鶯《うぐいす》の関を過ぎて湯の尾峠を越えると燧《ひうち》が城に出て、帰山で初雁の声を聞いた。十四日夕、敦賀の港町に着き、宿を取った。その夜は晴れ、月が格別に美しかった。「明日の名月の夜（十五夜）もこのように良い天気でしょうか」というと「北陸の習わしとしては、やはり明日の夜が曇りか晴れかは予想できない」と言う答えが返ってきた。

　そういう宿の主人に酒を勧められて、その晩、気比の明神に夜参りをする。ここは仲哀天皇の御廟《びょう》である。境内はいかにも神々《こうごう》しく、松の木の間から月の光が差し込み、ご神前の白砂を霜が敷かれたようにしてくれる。その昔、遊行《ゆぎょう》二世上人が大願を思い立ったことがあって、ご自分で草を刈り、土や石を背負って運び、泥や水たまりを乾かしたので参詣の行き来に支障がなくなった。その習わしを伝える行事は今も絶えることなく続いていて、歴代の遊行上人が神前に砂を背負ってお運びになる。

「これを遊行の砂持ちと言います」と宿の主人。「月清し遊行のもてる砂の上」の句は「明るい月の光が、遊行上人がお運びになったありがたい砂の上に、清らかにさしている。清らかな遊行上人の心そのままに」との意。季語は「月」で秋。十五日は宿の主人の言葉どおり、雨が降った。「名月や北国日和定なき」この句は「名月の夜なのに雨が降っている。昨夜は晴れていたのに。本当に北国の天気は変わりやすいものだ」との意。季語は「名月」で秋。この条は①福井から敦賀までの道程、②気比神社参詣記事、③十五夜が雨だった、という三つの部分からなる。

□観月は芭蕉の旅の目的だったのか

芭蕉の旅の目的は、古くからの歌枕を実地で検証すること、自然（風土）と自分の俳諧を一つにすることなど、いろいろあった。中でも、とりわけ芭蕉が心に留めていたのは名月をめでる観月。「旅立ち」の条で「松島の月まづ心にかかりて」と書いているように旅の第一の目的は松島の月を見ることであった。敦賀での中秋の名月を心待ちにしていたことが「敦賀」の条に書かれているが、当日はあいにくの雨のため、名月を見ることはできず、芭蕉は歌枕や名所を連ねた「道行の文」の中に「芭蕉翁月一夜十五句」を詠んだ。

□「種《いろ》の浜」の条の内容は

敦賀滞在三日目。芭蕉は天屋何某《なにがし》の心尽くしで種の浜で遊んだ。『奥の細道』の「種の浜」の条は楽しい一日の記録である。意訳すると「八月十六日は晴れたので、ますほの小貝を拾おうと思い、種の浜に舟を向かわせた。敦賀港から海上七里ほどあった。天屋何某という者が弁当や酒などを細々《こまごま》と気を遣って用意させ、下男をたくさん舟に乗せたところ、追い風を受けて、あっという間に種の浜に着いてしまった。浜は少しばかりの漁師の小さな家があり、みすぼらしい法華寺（本隆寺）もあった。法華宗の寺で茶を飲み、酒をかんにして楽しく過ごしていると、夕暮れになり、寂しさは何とも言えないものであった。

『寂しさや須磨にかちたる浜の秋』『浪の間や小貝にまじる萩の塵』この日の様子は等栽に書かせて、寺に残した。」

「寂しさや」の句は「寂しいなあ。種の浜の秋の寂しさは、古来有名な須磨の秋の寂しさに勝っ

法華宗本隆寺

ている」との意。季語は「秋」。「浪の間や」の句は波が引いた後「色とりどりの美しいますほの小貝の中に、萩の花くずがこぼれ散っている」との意。季語は「萩」で秋。

□「種の浜（色浜）」の所在地は

芭蕉が敦賀を訪れたのは「潮染むるますほの小貝拾ふとていろの浜とはいふにやあるらむ」の西行の和歌で知られる「種の浜」（敦賀湾北西岸、現敦賀市色浜）に行くためでもあった。色浜は敦賀市街地から敦賀湾沿いに北上して十五キロほどに位置する海岸。海辺に小さな集落があり、日蓮宗本隆寺もある。芭蕉は八月十六日夜、本隆寺に宿泊したのか？ 敦賀に戻ったのか？ 翌同十七日は路通が出迎えに来たのも同日とすると、敦賀を発ったのは同十八日朝と推測される。敦賀での宿は出雲屋弥一郎（現相生町）であった。

あとがき

漂泊の俳諧師芭蕉は、四季折々の美しい自然や新たな連衆との出会いを求め、五十一歳の生涯を漂泊の旅に過ごした。そして、俳諧行脚の中から芸術性豊かな蕉風俳諧を樹立したのである。『野ざらし紀行（芭蕉四十一歳から四十二歳）』『鹿島紀行（四十四歳）』『笈《おい》の小文《こぶみ》（四十四歳）』『更級《さらしな》紀行（四十五歳）』、そして『奥の細道』などのすぐれた俳諧紀行作品は世界中にまで紹介され、三百年以上の歳月を隔てても多くの人たちに感動と共感を与えてきた。その作品の一つ『奥の細道』に関する評釈、解説、実地踏査などの書は汗牛充棟《かんぎゅうじゅうとう》もただならぬほどあるのに、「出会いと別れの人生」を描いた北陸路を正面から取り上げた書は陸奥《みちのく》に比べて少ない。

北陸路の芭蕉は、八月五日以後は曾良が先行してしまったので、芭蕉の動静を『曾良旅日記』によって知ることができない。また、芭蕉の宿泊地とその日付は諸家の推定で多少の差異が見られる。筆者は滑川一泊、高岡一泊、金沢九泊、小松三泊、山中温泉八泊、再小松三泊、全昌寺一泊、松岡二泊、福井二泊、今庄一泊、敦賀・種の浜四泊の計三十五泊三十六日間の北陸路の芭蕉であったと推測する。

本書は「序にかえて」でも述べたが、「北陸中日新聞」（中日新聞北陸本社発行）に、二〇一四（平成二十六）年七月二十一日から二〇一六（平成二十八）年三月三十一日まで、四百十六回にわたって連載された「『おくのほそ道の謎』――加賀路の芭蕉」に基づくもので、それに読者から寄せられた質問項目二百四十九項目を整理したり、新聞連載のため内容に重複する点において補筆改訂した上で「加賀の芭蕉――『奥の細道』と北陸路」と改題したものである。連載中、小中学生をはじめ多くの読者から、直接間接、いろいろな反応を得ることができた。ここに四名の所感を紹介したい。

①北陸路は、日数百五十日、距離は六百里（約二四〇〇キロ）のクライマックスのところです。芭蕉が加賀路で二十五日間滞在（推定）したことにはとてもびっくりしました。（金沢市・小学校六年生）②ほっとした心持ちで日本海を眺め、北陸の恵みに舌鼓を打ち、山中温泉の名湯で心身を癒やし、交友も温めた旅の詩人芭蕉の姿が浮かびます。芭蕉は北陸各地で、『奥の細道』本文五十句のうち十五句を残してくれましたね。自分が裏日本の北陸に住んでいることを誇らしく思えてきました。（加賀市・主婦）③毎日中学校の授業・部活動を終えて家に帰り、親から『おくのほそ道』の話の内容を聴くのが日課でした。毎日連載記事が楽しかったのに終わって寂しいです。（富山市・中学校二年生）④『おくのほそ道』は謎だらけであり、それが『おくのほそ道』を面白くしています。筆者の学殖の一端が披露（解答）され、奥の奥が見えてくるものになっています。今後、芭蕉の足跡をたどってみたいと思います。（小松市・高校教員）

また、中学生から「芭蕉は忍者だという話がありますが本当ですか」という謎の投書もあった。

この答えは、芭蕉は忍者ではない。忍者の話が出たのは、芭蕉が伊賀者などといわれる忍者が多く出た伊賀上野の出身ということ、また母親の出身が忍者百地《ももち》半太夫《はんたゆう》の系統の百地家の出だという話があり、そこから出たと思われるが、それだけでは芭蕉は忍者といえない。また芭蕉の歩くのが速いことが忍者の要因とも思われるが、当時の人は一日に十里（四十キロ）歩くは普通であって、芭蕉が特別に足が速いわけではない。また芭蕉の持病は胃腸が弱いのと痔病持ちの忍者など考えられない。さらに、また芭蕉の残した書簡は、現在二百三十通ほど確認されているが、忍者がこれほどの量の書簡を残すとは考えられない。そのうえ芭蕉の動静は、晩年になるほど弟子たちによって記録され、かなり詳しく判明しているが忍者らしい様子は全くないし、また忍者だったら自分の動静は明かさないだろう。『曾良旅日記』に意味不明の記載があるのは秘密の暗号だというが『日記』は書いた本人がわかればよいのであって、他人にわからない記載があっても当然である。要するに「芭蕉忍者話」は現在、何の根拠もない空想の産物である。

「『おくのほそ道』の謎——加賀路の芭蕉」の新聞連載を思い立った動機は、①昭和五十五（一九八〇）年七月、帝塚山学院大学・親和女子大学合同研修旅行（案内者・山根公）のため、金沢に来られた俳文学者乾《いぬい》裕幸（一九三一～二〇〇〇）、俳文学者桜井武次郎（一九三九～二〇〇七）両先生と『加賀路の芭蕉——芭蕉の謎一問一答』（仮称）の出版を立案したことに始まる。②俳諧に関する講演依頼が多く、講演のあと、北陸俳諧史や北陸と芭蕉のことをもっと学びたい、との聴講者の声が多い。このことを参考に、中日新聞北陸本社松本芳孝氏らと協議し、新企画連載「『おくのほそ道』の謎――加賀路の芭蕉」が了承された。北陸の俳人と芭蕉との交流を互いに学ぶことを大きな目標に連載（中日新聞ホームページに掲載）開始以来、石川県をはじめ、富山・福井両県の読者からの予想を上回る反響が大きく、各種会合や講演に出席すると、毎日楽しみに読んで勉強させていただいていますなどと、よく声をかけられ、好評のうちに連載を終えた。

この新聞連載に当たっては多くの先人たちのすぐれた研究の恩恵に浴した。特にお手紙を通して種々御教示いただいた尾形仂《つとむ》先生の『おくのほそ道評釈』は座右の書の一つである。

単行本として一書をまとめるにあたって、アルファベータブックスの茂山和也氏には、心のこもった有益な助言をたくさんいただいたことに対し感謝したい。また「風港」のみなさんをはじめ、福井県内の小学校教壇に立つ山本恵子さん、野口真由さんから励ましの言葉をいただいた。末尾ながら記して感謝申し上げる。

二〇一七年十一月

山根 公

〈主な参考・引用文献〉

麻生磯次『奥の細道講読』（明治書院　昭和三十六年）
阿部喜三男『詳考奥の細道』（日栄社　昭和五十四年）
尾形仂『新編芭蕉大成』（三省堂　平成十一年）
尾形仂『おくのほそ道評釈』（角川書店　平成十三年）
石川真弘『蕉風論考』（和泉書院　平成六年）
大河良一『加能俳諧史』（清文堂出版　昭和四十九年）
和田徳一『越中俳諧史』（桜楓社　昭和五十六年）
尾形仂他編『俳文学大辞典』（角川書店　平成七年）
小松市史編集委員会『小松市史』一～四（昭和二十五～四十年）
金沢市史編纂委員会『金沢市史・資料編６』（平成十二年）
山根公『加賀における芭蕉』（谷印刷　昭和六十三年）
金森敦子『芭蕉はどんな旅をしたのか』（晶文社　平成十二年）
金森敦子『芭蕉「おくのほそ道」の旅』（角川書店　平成十六年）
堀切実編『「おくのほそ道」解釈事典』（東京堂出版　平成十五年）

今栄蔵『芭蕉書簡大成』（角川書店　平成十五年）
萩原恭男校注『芭蕉おくのほそ道付曾良旅日記・奥細道菅菰抄』（岩波文庫）（岩波書店　昭和五十四年）
桜井武次郎『奥の細道行脚「曾良日記」を読む』（岩波書店　平成十八年）
村松友次『謎の旅人曽良』（大修館書店　平成十四年）
工藤寛正『おくのほそ道探訪事典』（東京堂出版　平成二十三年）
桜井武次郎『おくのほそ道』（三省堂　昭和四十七年）
柚木武夫『滑川の俳諧』（私家版　昭和四十四年）
森清松『富山の文学碑』（北国出版社　平成二年）
武部弥十武〔新湊市民文庫〕『越中路と芭蕉』（新湊市教育委員会　平成三年）
堀切実『おくのほそ道　永遠の文学空間』（日本放送出版協会　平成八年）
竹谷蒼郎『日本海がわの芭蕉』（金沢工大旦月会　昭和五十三年）
こぶしの会編『金沢の文学碑』（北国書籍印刷　昭和六十三年）
密田靖夫『芭蕉北陸道を行く』（北国新聞社　平成十年）
密田靖夫『芭蕉　金沢に於ける十日間』（兼六吟舎　平成十二年）
金沢学院大学文学部日本文学科編『おくのほそ道　芭蕉が歩いた北陸』（北国新聞社　平成二十二年）
小野寺松雲堂『むかしの小松』（むかしの小松刊行会　昭和二十四年）
綿抜豊昭『松尾芭蕉とその門流』（筑波大学出版社　平成二十年）

西島明正『芭蕉と山中温泉』（北国新聞社　平成一年）
島田和三郎『奥の細道と松岡』（松岡町誌編纂会　昭和二十六年）
石川銀栄子『越前俳諧史誌』（松見文庫　昭和四十六年）
青園謙三郎『天龍寺と芭蕉』（天龍寺　昭和五十五年）
小松地方文芸コレクション推進協議会『小松の文学碑』（平成六年）
山本計一『俳聖芭蕉と敦賀』（敦賀ロータリークラブ　昭和三十六年）
土屋久雄他編『おくのほそ道・福井県の芭蕉碑』（かなづ石摺研究会　平成一年）
土屋久雄『金津町の史話と伝説』（金津町役場　昭和四十九年）
島居清『芭蕉連句全注解』第六冊（桜楓社　昭和五十六年）
李炫瑛『加賀俳壇と蕉風の研究』（桂書房　平成十四年）
宮誠而『「奥の細道」空白の一日』（星雲社　平成八年）
田谷充実編『吟詠いしかわ』（石川県秘書課　昭和三十三年）
山崎喜好「北枝の『山中問答』」（『芭蕉と門人』双文社　昭和二十二年）
久富哲雄「建聖寺所蔵芭蕉像の製作年次」（「俳文芸」38号　平成三年）
日本交通社「全踏査奥の細道の旅」（平成一年）
金森敦子『「曾良旅日記」を読む』（法政大学出版局　平成四年）
石川県図書館協会『加越能寺社由来上』（昭和四十九年）

大内初夫他『元禄俳諧集』〈新日本古典文学大系〉（岩波書店　平成六年）
山根公『北陸路における奥の細道研究文献目録』（私家版　平成五年）
山根公『北陸路の「おくのほそ道」主要研究目録』（「国語研究」35号〈石川県高等学校教育研究会〉
平成十年）
沢木欣一編『奥の細道を歩く』（東京新聞新聞出版局　平成二年）
敦賀市立図書館『芭蕉翁杖跡展・北国日和定なき』（平成十五年）
石川県立郷土資料館『郷土の俳諧』（昭和四十九年）
石川県立郷土資料館『江戸時代の旅』（昭和五十五年）
尾崎康工編『俳諧百一集』（明和二〈一七六五〉年）

著者紹介
山根 公（やまね ただし）
1945 年 1 月 28 日　石川県石川郡柏野村（現・白山市）に生まれる
1967 年 3 月　都留文科大学文学部卒業
1968 年 3 月　金沢大学法文学専攻科（現・大学院）文学専攻国文学課程修了
その後、石川県立高等学校教員、石川県教育委員会社会教育主事を歴任
1984 年 2 月　石川県教育工学研究会長賞
1996 年 8 月　石川県社会教育委員功労表彰
2003 年 10 月　松任市文化産業賞
2005 年 11 月　日本言語文化学会（於韓国中央大学）招聘講演
2016 年 5 月　渤海大学・遼寧工業大学で記念講演
専 攻　俳諧史
現 在　石川県観光スペシャルガイド、いしかわ観光特使
「風港」客員同人。「平和の俳句」選者、俳文学会員
白山市日中友好協会理事長
著書　高崎貞之句文集『金木犀』（高島出版）『加賀における芭蕉』（谷印刷）
『加賀の千代女五百句』（桂書房）（『松任の俳人千代女』（橋本確文堂）
『千代女季の句』（北国新聞社出版局）『松任の千代女と私』（中川印刷）
『千代女の謎』（桂書房）など

加賀《かが》の芭蕉《ばしょう》——『奥《おく》の細道《ほそみち》』と北陸路《ほくりくじ》

第 1 刷発行　2017 年 11 月 15 日

著　者● 山根 公
発行人● 茂山 和也
発行所● 株式会社 アルファベータブックス
〒 102-0072　東京都千代田区飯田橋 2-14-5 定谷ビル
電話 03-3239-1850 Fax 03-3239-1851　E-mail alpha-beta@ab-books.co.jp
装丁●佐々木 正見
印刷●株式会社 エーヴィスシステムズ　製本●株式会社 難波製本

定価はダストジャケットに表示してあります。

ISBN 978-4-86598-043-1 C0095